Insubmissas Lágrimas de Mulheres

Insubmissas Lágrimas de Mulheres

7ª edição

Conceição Evaristo

malê

ISBN: 978-85-92736-06-4

7ª edição.

Projeto gráfico (miolo e capa):
BR75 texto | design | produção

Diagramação
Ale Santos

Ilustração e concepção da capa:
Iléa Ferraz

Revisão:
Léia Coelho

Texto revisado segundo o novo Acordo Ortográfico da Língua Portuguesa.

Dados internacionais de catalogação na publicação (CIP)
Vagner Amaro CRB-7/5224

E92s Evaristo, Conceição.
Insubmissas lágrimas de mulheres / Conceição Evaristo.
— 7. ed. — Rio de Janeiro: Malê, 2024.
142 p.; 21 cm.

ISBN 978-85-92736-06-4
Conto brasileiro. I. Título

CDD — B869.301

Índice para catálogo sistemático:
I. Conto: Literatura brasileira B869.301

2024

www.editoramale.com.br
contato@editoramale.com.br

Sumário

Aramides Florença	9
Natalina Soledad	19
Shirley Paixão	27
Adelha Santana Limoeiro	35
Maria do Rosário Imaculada dos Santos	43
Isaltina Campo Belo	55
Mary Benedita	69
Mirtes Aparecida da Luz	81
Líbia Moirã	87
Lia Gabriel	95
Rose Dusreis	105
Saura Benevides Amarantino	117
Regina Anastácia	127

Gosto de ouvir, mas não sei se sou a hábil conselheira. Ouço muito. Da voz outra, faço a minha, as histórias também. E no quase gozo da escuta, seco os olhos. Não os meus, mas de quem conta. E, quando de mim uma lágrima se faz mais rápida do que o gesto de minha mão a correr sobre o meu próprio rosto, deixo o choro viver. E, depois, confesso a quem me conta, que emocionada estou por uma história que nunca ouvi e nunca imaginei para nenhuma personagem encarnar. Portanto estas histórias não são totalmente minhas, mas quase que me pertencem, na medida em que, às vezes, se (con)fundem com as minhas. Invento? Sim invento, sem o menor pudor. Então as histórias não são inventadas? Mesmo as reais, quando são contadas. Desa fio alguém a relatar fielmente algo que aconteceu. Entre o acontecimento e a narração do fato, alguma coisa se perde e por isso se acrescenta. O real vivido fica comprometido. E, quando se escreve, o comprometimento (ou o não comprometimento) entre o vivido e o escrito aprofunda mais o fosso. Entretanto, afirmo que, ao registrar estas histórias, continuo no premeditado ato de traçar uma escrevivência.

Aramides Florença

Quando cheguei à casa de Aramides Florença, a minha igual estava assentada em uma pequena cadeira de balanço e trazia, no colo, um bebê que tinha a aparência de quase um ano.

Esta é a minha criança, — me disse a mãe, antes de qualquer outra palavra —, o meu bem-amado. O nome dele é Emildes Florença.

E susteve a criança em minha direção, como se fosse me oferecer um presente. O menininho sorriu para mim, percebi que alguns dentinhos enfeitavam a sua pequenina boca e reconheci no gesto dele um aceno de boas vindas. Por uns momentos me esqueci da mãe e me perdi na contemplação do filho. Ele começou a balbuciar algo que parecia uma cantiga. Aramides me olhou, dizendo, feliz, que o seu filho pronunciava sempre os mesmos sons, desde que o pai dele havia partido, há quase um ano, quando o bebê tinha somente alguns dias de vida. Eu percebi, intrigada, que, tanto pelos sons, como pela expressão de rosto e movimentação de corpo do menininho, o melodioso balbucio infantil se assemelhava a uma alegre canção. Teria a criança, tão novinha, — pensei mais tarde, quando ouvi a história de Aramides Florença, — se rejubilado também com a partida do pai? Só a mãe, só a mulher sozinha, lhe bastava?

Aramides Florença buscava ser o alimento do filho. E, literalmente, era. O menino só se nutria do leite materno. A sopinha que o pediatra havia recomendado, e que a mãe preparava cuidadosamente, o bebê mal provava, recusando sempre. Ela, pacientemente, insistia, cantava, dançava, sorria. Ele também fazia festas à festa da mãe. Mas quanto ao aceite da comidinha, nada. O pediatra insistia para que ela deixasse a criança padecer um pouco de fome. Aramides detestou a brutalidade da sabedoria pediátrica; entretanto, cumpriu o conselho. Passou quase um dia sem amamentar a criança. No final da tarde, seus seios jorravam uma láctea aflição, que lhe empapava toda a veste, enquanto o pequeno faminto jazia triste, sem um choro sequer, quieto no bercinho. Subversivamente, a mãe descumpriu a ciência médica e ofereceu os seios ao bebê. E, desde então, uma peleja, a única, ameaçava o cotidiano dos dois. Não mais com o sacrifício da fome, que essa arma Aramides considerava suja. Preferia o jogo da sedução, a dança e a música, mas a esperteza infantil era também grande. E o jogo que o filho fazia, emparelhado ao dela, era mais sedutor. A vitória sempre pertencia ao pequeno. Entretanto, nem sempre fora assim, antes havia a figura do pai por perto.

O nome do pai do menino desconheço, pois Ara mides Florença só se referia ao homem que havia partido, como "o pai de Emildes", ou como "o pai de meu filho".

Florença tivera uma gestação feliz. Ter um filho havia sido uma escolha que ela fizera desde mocinha, mas que vinha adiando sempre. Vivia a espera de um encontro, em que o homem certo lhe chegaria, para ser o seu companheiro e pai de seu filho. Um dia, realmente esse homem apareceu. Foram felizes no namoro. E mais felizes quando decidiram ficar juntos. Ela, chefe do departamento de pessoal de uma promissora empresa; ele, funcionário de um grande banco. Sem muitas preocupações e apertos econômicos, conseguiram montar um modesto, mas confortável, apartamento. A vida seguia conforme as expectativas dos dois. A gravidez desejada logo aconteceu. Sentindo-se bem-aventurados, se rejubilaram quando o exame de urina deu positivo. Desde então, os dois grávidos mais felizes prometeram ser, para repartirem a felicidade com a criança que estava por vir. Não tinham preferência quanto ao sexo e, a cada vez que a gestante deitava para fotografar o bebê, ainda morador da casa interna da mãe, o casal repetia a uma só voz para o médico:

— Não nos diga o sexo da criança, queremos experimentar a surpresa.

E, durante os nove meses, vivenciaram as excitações dos parentes e amigos em seus prognósticos. Um enxoval multicor foi preparado para atender se menina ou se menino fosse. Jogos de adivinhas, entretanto, eram realizados pelas pessoas que participavam da intimidade do casal. Garfos e colheres se tornavam objetos adivinhatórios nos lugares onde a mãe deveria assentar-se. Se procurar cadeira onde está o garfo é um menino... Se buscar a da colher... O ânimo dela também era lido como vestígio de indicação do sexo do rebento. Mais preguiça ou sono indicava o bebê como sendo do sexo feminino. Gravidez de menina — diziam algumas pessoas —, a gestante fica mais preguiçosa, mais sonolenta. O corpo da grávida também distinguia o sexo de quem ali dentro morava. Não havia quem não tivesse um olhar de lince, mais potente do que o da ultrassonografia, que, ao contemplar o formato da barriga de Aramides, não conseguisse emitir as suas certezas adivinhatórias. É uma menina — diziam algumas vozes. Veja como a barriga dela está arredondada, copiando a lua. É um menino — arriscavam outras afirmações —, barriga pontiaguda como uma lança, um membro em riste... De prognósticos em prognósticos surgiram as previsões de gêmeos. Duas meninas... Dois meninos... Um casal... Os grávidos se deixavam contaminar igualmente a cada profecia, até o surgimento de outra, no instante seguinte. Enquanto isso, a criança, exímia nadadora, bulia incessantemente na bolha d'água materna. O pai, embevecido e encabulado com o milagre que ele também fazia acontecer, repartia os seus mil sorrisos ao lado da mãe. E mais se desmanchava em alegrias, quando percebia, com o toque de mão ou com o encostar do corpo no ventre engrandecido da mulher, a vital movimentação da criança. Desse modo, o felizardo casal seguia e media ansioso o tempo, à espera da hora maior.

Um dia, algo dolorido no ventre de Aramides inaugurou uma perturbação entre os dois. Já estavam deitados, ela virava para lá e para cá, procurando uma melhor posição para encaixar a barriga e, no lugar em que se deitou, seus dedos esbarraram-se em algo estranho. Lá estava um desses aparelhos de barbear, em que se acopla a lâmina na hora do uso. Com dificuldades para se erguer, gritou de dor. Um filete de sangue escorria de uns dos lados de seu ventre. Aramides não conseguiu entender a presença daquele objeto estranho em cima da cama. Havia dias que o barbeador elétrico de seu companheiro havia estragado e ele estava usando um daqueles antigos. O homem, pai do filho de Aramides Florença, não soube explicar a presença do objeto ali. Talvez tivesse sido na hora em que ele foi preparar a cama dos dois... Talvez ele estivesse com o aparelho na mão. Talvez... Quem sabe...

Quase três semanas após o acontecido, outro fato veio causar mais uma inquietação, e um ligeiro, ligeiríssimo mal-estar na confiança que Aramides depositava em seu homem. Entre os dois — me dizia ela —, desde quando se conheceram, nunca havia tido um momento sequer de suspeição de um para com o outro. Mas, em uma noite, quando o corte da lâmina de barbear ainda ardia no ventre de Aramides, foi que mais um episódio aconteceu. Estava ela no último mês de gestação, quando meio sonolenta, já de camisola, mas ainda de pé, narcisicamente se contemplava no espelho do banheiro. Estava inebriada com a mudança do próprio corpo. Tudo nela aumentara. O volume de cabelos, a sobrancelha e até uma pequena verruga debaixo do braço. Pelo espelho, viu o seu homem se aproximar cautelosamente. Adivinhou o abraço que dele receberia por trás. Fechou os olhos e gozou antecipadamente o carinho das mãos do companheiro em sua barriga. Só que, nesse instante, gritou de dor. Ele, que pouco fumava, e principalmente se estivesse na presença dela, acabara de abraçá-la com o cigarro acesso entre os dedos. Foi um gesto tão rápido e tão violento que o cigarro foi macerado e apagado no ventre de Aramides. Um ligeiro odor de carne queimada invadiu o ar. Por um ínfimo momento, ela teve a sensação de que o gesto dele tinha sido voluntário. A bolha que se formou no ventre de Aramides dias depois vazou. Vazou antes da bolsa guardadora de seu filho escorrer copiosamente por sua perna abaixo, pré-anunciando que o seu bebê já estava a caminho.

As horas antecessoras ao parto foram momentos de intensa aflição para o pai de seu filho dizia Aramides —

tremendo, o homem ligou para um amigo, pedindo-lhe que os levasse ao hospital, pois ele estava tão nervoso que não conseguiria dirigir. E, quando o médico lhe perguntou se ele iria assistir ao parto e fotografá-lo, ele apenas respondeu que a sua coragem masculina não lhe permitia tal proeza. — Foi um parto rápido— me afirmou Aramides. — Emildes escorregou logo-logo de dentro de mim.

Mãe, pai e filho felizes, no outro dia, deixaram o hospital. Sagrada a família! — o homem repetia cheio de júbilos a louvação de sua trindade: ele, a mulher e o filho. Os primeiros dias foram só solicitude da parte dele. Tanto era o desvelo, tanta era água trazida na peneira, que Aramides, a rainha-mãe, esqueceu por completo as dores e a tênue desconfiança vividas anteriormente. Na deslembrança, ficou dissimulado o doer da lâmina na cama a lhe resfolegar na barriga. E a dolorosa ardência do cigarro aceso esmagado em seu ventre também buscou se alojar no esquecimento. Tudo tinha sido atordoamento de alguém que experimentava pela primeira vez a sensação de paternidade. Com certeza, tudo tinha sido atrapalhação de marinheiro de primeira viagem...

Passadas as duas primeiras semanas, uma noite, já deitados, o homem, olhando para o filho no berço, perguntou a Aramides, quando ela novamente seria dele, só dele. A indagação lhe pareceu tão despropositada, que ela não conseguiu responder, embora tenha percebido o tom ciumento da pergunta. Um silêncio sem lugar se instalou entre os dois. Aramides desejou que o bebê acordasse chorando, mas ele ressonava tranquilo. Buscando apaziguar a insegurança do homem, ela se aconchegou a ele, que levantou rispidamente. E foi tão violento o bater de porta, quando ele abandonou o quarto, que o bebê, antes tão em paz, acordou chorando.

Cenas mais ou menos semelhantes voltaram a acontecer entre os três várias vezes. Um medo começou a rondar o coração e o corpo de Aramides. Antes, o olhar caloroso e convidativo do homem, que tanto lhe agradava, e a que ela correspondia de bom grado, com sentimentos de pré-gozo, passou a incomodá-la. Já não era mais um olhar sedutor, como fora inclusive durante quase toda a gravidez, e sim uma mirada de olhos como se ele quisesse agarrá-la à força. O bebê, ainda na fase de ser o corpo extensivo da mãe, com poucos dias de vida cá fora, parecia experimentar a mesma sensação de incômodo; abria-se em pranto, mesmo estando no colo da mãe, quando pressentia a aproximação do pai. O homem deixou de ter as palavras de júbilos em louvação à trindade, à qual ele pertencia. A família não lhe parecia mais sagrada. Não mais exultava diante da mulher e do filho

Um dia, a sutil fronteira da comedida paz, que nos últimos tempos reinava entre o homem e a mulher, se rompeu. O dique foi rompido. À mostra, o engano velado, que se instalara entre os dois desde a gravidez, e que ambos tentavam ignorar, ganhou corpo concreto. E foi por meio do corpo concreto dos dois que a eclosão se deu.

Estava eu amamentando o meu filho — me disse Aramides enfatizando o sentido da frase, ao pronunciar pausadamente cada palavra —, quando o pai de Emildes chegou. De chofre arrancou o menino de meus braços, colocando-o no bercinho sem nenhum cuidado. Só faltou arremessar a criança. Tive a impressão de que tinha sido esse o desejo dele. No mesmo instante, eu já estava de pé, agarrando-o pelas costas e gritando desamparadamente. Ninguém por perto para socorrer o meu filho e a mim. Numa sucessão de gestos violentos, ele me jogou sobre nossa cama, rasgando minhas roupas e tocando violentamente com a boca um dos meus seios que já estava descoberto, no ato de amamentação de meu filho. E, dessa forma, o pai de Emildes me violentou. E, em mim, o que ainda doía um pouco pela passagem de meu filho, de dor aprofundada sofri, sentindo o sangue jorrar. Do outro seio, o que ele não havia tocado, pois defensivamente eu conseguira cobrir com parte do lençol, eu sentia o leite irromper. Nunca a boca de um homem, como todo o seu corpo, me causara tanta dor e tanto asco, até então.

E, inexplicavelmente, esse era o homem. Aquele que eu havia escolhido para ser o meu e com quem eu havia compartilhado sonhos, desejos, segredos, prazeres... E, mais do que isso, havia deixado conceber em mim, um filho. Era esse o homem, que me violentava, que machucava meu corpo e a minha pessoa, no que eu tinha de mais íntimo. Esse homem estava me fazendo coisa dele, sem se importar com nada, nem com o nosso filho, que chorava no berço ao lado.

E quando ele se levantou com o seu membro murcho e satisfeito, a escorrer o sangue que jorrava de mim, ainda murmurou entre os dentes que não me queria mais, pois eu não havia sido dele, como sempre fora, nos outros momentos de prazer.

Natalina Soledad

Natalina Soledad, a mulher que havia criado o seu próprio nome, provocou o meu desejo de escuta, justamente pelo fato dela ter conseguido se autonomear. Depois de petições e justificativas, ela conseguira se desfazer do nome anterior, aquele do batismo e do registro, para conceber um outro nome para si. Mudança aceita pelas autoridades do cartório da pequena cidade em que ela morava. E, a partir desse feito, Natalina Soledad começou a narração de sua história, para quem quisesse escutá-la. E eu, viciada em ouvir histórias alheias, não me contive quando soube da facilidade que me esperava. Digo, porém, que a história de Natalina Soledad, era muito maior e, como em outras, escolhi só alguns fatos, repito, elegi e registrei, aqui, somente estas passagens:

Natalina Soledad, tendo nascido mulher, a sétima, depois dos seis filhos homens, não foi bem recebida pelo pai e não encontrou acolhida no colo da mãe. O homem, garboso de sua masculinidade, que, a seu ver, ficava comprovada a cada filho homem nascido, ficou decepcionado quando lhe deram a notícia de que o seu sétimo rebento era uma menina. Como podia ser? — pensava ele — de sua rija vara só saía varão! Estaria falhando? Seria a idade? Não, não podia ser... Seu avô, pai de seu pai, mesmo com a idade avançada, na quinta mulher havia feito um menino homem. E todos os treze filhos do velho, nascidos dos casamentos anteriores, tinham nascido meninos homens. Seu pai, o mais velho dos treze, não havia seguido a mesma trajetória do velho Arlindo Silveira, tivera um único filho, ele. Mas também morrera cedo, antes dos vinte e, devido a esse fato, ele tinha mais lembranças do avô do que do pai. Fora criado pelo velho. Talvez, se Arlindo Silveira Filho tivesse vivido o mesmo tempo que o patriarca vivera, quem sabe não se igualaria ao outro, na façanha de conceber filhos machos, pensava Arlindo Silveira Neto. E ele, o neto mais velho, que tanto queria retomar a façanha do avô, vê agora um troço menina, que vinha ser sua filha. Traição de seu corpo? Ou, quem sabe, do corpo de sua mulher? Traição, traição de primeira! De seu corpo não podia ser, de sua rija semente jamais brotaria uma coisa menina. Sua mulher devia ter se metido com alguém e ali estava a prova. Uma menina! Só podia ser filha de outro! E, desde o nascimento da menina, Silveira Neto, que até então cumpria fielmente o seu dever de marido, — segundo a visão dele —, deixou de se aproximar da mulher, tomou nojo do corpo desobediente dela, do corpo traidor de sua esposa. E Maria Anita Silveira, entre lamentos e desejos, mal amamentou a criança. Descuidou-se propositalmente dela e até concordou que o pai nomeasse a filha de Troçoléia Malvina Silveira. A criança só herdou o Silveira no sobrenome, porque a ausência desse indicador familiar poderia levantar a suspeita de que algo desonroso manchava a autoridade dele. E, como não queria passar por mais esse vexame, permitiu que a coisa menina, mal-vinda ao seio familiar, fizesse parte da prole dele, mas só no nome. Com o tempo, haveria de descobrir uma maneira de mantê-la longe, bem longe de casa. Nada de deixar alguma herança para ela. A coisa só pedia e merecia o esquecimento, a mãe também. A esposa, desassossegada diante do desprezo do marido, não percebia que, no crescimento da menina, uma expressão igual à de Arlindo Silveira Neto, marcava o rosto e o jeito da filha. Nem os meninos homens tinham tanta parecença com o pai. Ele, raivosamente, intuía.

A menina Silveira crescia a contragosto dos pais. Solitária, aprendera quase tudo por si mesma, desde o pentear dos cabelos até os mais difíceis exercícios de matemática, assim como se cuidar no período dos íntimos sangramentos. Dos cadernos e dos livros velhos desprezados pela prole masculina, que começava os estudos, ainda quando cada um precisava de auxílio para suspender a cueca, sozinha, ela recolhia suas lições. Silveirinha, como era chamada por alguns, de maneira autodidata, ia construindo seu aprendizado e ganhando uma sapiência incomum para a sua idade. Só mais tarde, depois de ter como cúmplice a voz de um de seus irmãos, obteve a concordância do pai e, consequentemente, a da mãe, para frequentar a escola. E foi então, na ambiência escolar, ao ser vítima dos deboches dos colegas, que a menina Silveira atinou com a carga de desprezo que o pai e a mãe lhe devotavam e que se traduzia no nome que lhe haviam imposto. Mas, para a surpresa da família, a menina Silveirinha se negava a responder a qualquer chamado, em que o seu nome, aquele de registro e de batismo, não fosse inteiramente dito. Na escola, em casa, na vizinhança, na igreja e em qualquer lugar que fosse, ela se desconhecia como Silveirinha. Enfaticamente, anunciava a todas as pessoas, grandes e pequenas, que o seu nome era: Troçoléia Malvina Silveira. Pronunciamento feito em todas as ocasiões, inclusive para os namorados que veio a ter mais tarde. Para o pai e para a mãe, tal atitude lhes permitiu, nas poucas vezes em que se dirigiam a ela, pronunciarem a antiga raiva, o doloroso incômodo que o nascimento dela havia causado. Entretanto, a menina Silveira, ali por volta dos doze anos, momentos de sua entronização na rua, passou a ignorar a existência dos seus.

Cultivar um sentimento de desprezo pelos pais, na mesma proporção em que eles não lhe ofereciam nenhum abraço de resguardo, se tornou, para a menina Silveira, um modo simultâneo de ataque e defesa. Ostensivamente, ignorava a presença dos dois, não só na intimidade familiar, mas fora dela também. Dentro de casa, muitas vezes tateava o espaço como se estivesse no escuro, ou melhor, no escuro estava, pois andava de olhos fechados quando percebia qualquer proximidade dos dois. Não suportava vê-los. Recusava sentar-se à mesa, alimentava-se no quarto ou na cozinha e, como uma sombra, quase invisível, transitava em silêncio, de seu quarto ao banheiro e à cozinha, mesmo entre os seus irmãos. Da voz, da fala de seus familiares, não criou necessidade alguma. Bastavam-lhe os resumidos gestos que compunham a comunicação entre ela e a única doméstica da casa. O carinho morava na cozinha. Vinha de Margarida, o lenitivo para a dura existência da menina; mesmo assim, um dia tudo acabou. A moça, à custa de muito sofrimento, se viu obrigada a romper o elo fraterno que havia entre ela e Silverinha. Era impossível continuar trabalhando em uma casa, onde o dono, a dona e seus filhos, aos berros, como se surda ela fosse, ditavam todas as ordens, com gestos de quem brame um chicote no ar. E receber um salário minguado que não compensava nenhum trabalho e, muito menos, qualquer sofrimento. Sentia pela menina e a solidão de gente grande que ela experimentava desde pequenina, desde sempre. Silveirinha, mesmo percebendo o acolhimento da outra moça, que chegou mais tarde para trabalhar no lugar de Margarida, continuou acomodada em sua solidão. Tinha um só propósito. Um grande propósito. Inventar para si outro nome. E, para criar outro nome, para se rebatizar, antes era preciso esgotar, acabar, triturar, esfarinhar aquele que lhe haviam imposto. Pacientemente, a menina Silveirinha esperou. A moça Silveirinha esperou. A mulher Silveirinha esperou. E, nas diversas andanças do tempo sobre o corpo dela, muitos acontecimentos. Os irmãos cresceram mais e mais. Sobrinhas e sobrinhos chegaram. Pai e mãe envelheceram. O desprezo recíproco, entre ela e os seus, continuou e respingou sobre a prole infantil que se formava. Tia esquisita aquela, — diziam os sobrinhos —, desde o nome. Tia que pouco saía de seu quarto. Não tão jovem, não tão velha. Quantos anos teria a Tia Troçoléia Malvina Silveira? Que nome! Que nome! Tão esquisita essa tia! Talvez por isso o vô e a vó lhe tivessem dado esse nome... E as crianças cresciam rejeitando a tia, que também rejeitava os sobrinhos.

Silveirinha, já adulta, depois de alguns pouquíssimos amores, — aliás, nem amores eram, e sim raríssimos encontros, sem graça alguma, com homens de belos nomes —, desistiu também do amor a dois. Dos amores múltiplos de família, ela não experimentava lembrança alguma. Pouco se importava, só o único desejo a perseguia: o de se rebatizar, o de se autonomear. Em suas leituras, das mais diversas, entendia que o direito que ela havia desejado desde criança, na prática, existia. Aos dezoito anos — dizia para ela mesma — toda pessoa, vítima de seu próprio nome, pode trocá-lo. Mas Silverinha, somente aos trinta, decidiu. Nem ela sabia explicar por que aguardou tanto tempo. Talvez — penso eu —, apesar de tudo, por um inexplicável respeito aos pais. Sim, pois só depois que os dois, vítimas de um desastre de carro, morreram, foi que Silveirinha tomou a decisão. Rumou ao cartório para se despir do nome e da condição antiga. Abdicou da parte da herança que lhe caberia. O pai resolvera não lhe deserdar e deixou-lhe algumas casinhas que lhe forneceriam rendas para viver. Rejeitou também a incorporação do sobrenome familiar — Silveira — ao seu novo nome. E, sonoramente, quando o escrivão lhe perguntou qual nome adotaria, se seria mesmo aquele que aparecia escrito na petição de troca, ela respondeu feliz e com veemência na voz e no gesto: Natalina Soledad. O tabelião, não crendo, tentou argumentar que aquele nome destoava da denominação familiar dos Silveiras e que era meio esquisito também. Por que Natalina Soledad? Por quê?

Natalina Soledad — nome, o qual me chamo — repetiu a mulher que escolhera o seu próprio nome.

Shirley Paixão

Foi assim — me contou Shirley Paixão — quando vi caído o corpo ensanguentado daquele que tinha sido meu homem, nenhuma compaixão tive. E, se não fosse uma vizinha, eu continuaria o meu insano ato. Queria matá-lo, queria acabar com aquele malacafento, mas ele é tão ruim que não morreu! Não adianta me perguntar se me arrependi. Arrependi não. Confessei à polícia o meu desejo, a minha intenção. Não que eu tivesse planejado, nunca. Vivíamos bem, as brigas e os desentendimentos que, às vezes, surgiam entre nós eram por questões corriqueiras, como na vida de qualquer casal. Nada demais. Mas, no momento em que tudo aconteceu, eu só tinha uma certeza: aquele homem não merecia viver. Havia anos que estávamos juntos. Quando ele veio para minha casa, trouxe as três meninas. Elas eram ainda pequenas, as minhas duas regulavam idade com as deles. As cinco meninas tinham idades entre cinco e nove anos. E, logo-logo, selaram irmandade entre elas. Pessoas desconhecidas, não sabedoras de nossa vida, nem imaginavam que o parentesco entre elas não tivesse o laço sanguíneo, pois fisicamente se assemelhavam. Ninguém dizia que elas eram filhas de mães e pais diferentes. Assim como as minhas meninas pareciam ter esquecido a fugaz presença de um pai, evadido no tempo e no espaço, que tinha ido embora sem nunca dar notícia, e adotaram, como verdadeiro pai, aquele que se fazia presente e parecia gostar delas, as meninas dele ganharam meu coração. O desamparo delas, a silenciosa lembrança da mãe morta, de quem elas não falavam nunca, tudo me fez enternecer por elas. As meninas, filhas dele, se tornaram tão minhas quanto as minhas. Mãe me tornei de todas. E assim seguia a vida cumpliciada entre nós. Eu, feliz, assistindo às minhas cinco meninas crescendo. Uma confraria de mulheres. Às vezes, o homem da casa nos acusava, implicando com o nosso estar sempre junto. Nunca me importei com as investidas dele contra a feminina aliança que nos fortalecia. Não sei explicar, mas, em alguns momentos, eu chegava a pensar que estávamos nos fortalecendo para um dia enfrentarmos uma luta. Uma batalha nos esperava e, no centro do combate, o inimigo seria ele. Mas como? Por que ele? Até que o tempo me deu a amarga resposta e entendi, então, os sinais que eu intuía e que recusava decifrar.

Seni, a mais velha de minhas filhas, a menina que havia chegado a minha casa quando faltavam três meses para completar nove anos, sempre foi a mais arredia. Não por gestos, mas por palavras. Era capaz de ficar longo tempo de mãos dadas com as irmãs, ou comigo, sem dizer nada, em profundo silêncio.

Nos primeiros tempos de nosso convívio, era mais caladinha ainda. Respeitei sua pouca fala, imaginei saudades contidas e incompreensão diante da morte da mãe. Ao pai, faltava paciência, vivia implicando com ela. Via- se que Seni não era a sua preferida, pelo contrário. Eu percebendo a dificuldade da relação dele com a menina, procurei ampará-la, abrigá-la mais e mais em mim. Imaginava a falta que ela sentia da mãe. E assim ela foi crescendo, alternando períodos de pouca, com nenhuma fala. Em meio às cinco, sobressaia pela timidez. Entretanto, ali pelos seus doze anos, já era uma mocinha feita. Zelosa com ela mesma e, mais ainda, com as irmãs. Eu procurava desviá-la do caminho de uma responsabilidade, que não era dela, ao perceber o excesso de cuidado e os gestos de proteção com que ela cercava as irmãs e, às vezes, se eu permitisse, até a mim. Sempre de pouca conversa, mas de um desmedido amor para quem convivesse com ela. Na escola, tinha também um comportamento exemplar. Suas notas estavam sempre acima da média. Certa vez, uma de suas professoras me chamou, para saber se, em casa, éramos severos com ela. Ela observara que Seni tinha mania de perfeição e uma autocensura muito grande. Expliquei para a moça que não. Que o pai implicava muito com ela, mas pouco ou nada exigia. Quando se dirigia à menina era sempre para desvalorizá-la, constantemente com palavras de deboche, apesar da minha insistência em apontar o modo cruel com que ele tratava a filha. E que, de minha parte, eu fazia tudo para aliviá-la das exigências que ela mesma se impunha. Na época, ficou combinado que, com auxílio da escola, procuraríamos um acompanhamento psicológico para Seni. Saí da escola mais preocupada ainda com o comportamento da menina. Será que ela se julgava culpada pela morte da mãe e a busca da perfeição seria uma maneira de purgar a sua culpa? Dizem que as crianças pequenas costumam reagir assim diante da morte de um ente querido. Quando comentei com o pai dela a conversa e os conselhos da professora, ele teve um acesso de raiva. Só faltou agredir fisicamente a menina, e acho mesmo que não investiu contra ela, porque eu estava por perto. Seni entrou em pânico. Chorava desesperadamente, me agarrava com tamanha força, como se quisesse enfiar o corpo dela dentro do meu. Como se pedisse abrigo no mais profundo de mim. A sensação que eu tive foi como se ela tivesse regredido no tempo. Não era uma mocinha de doze anos que chorava e sim uma menininha desesperada, pedindo socorro. Encarei o homem, que ainda era meu marido. Ele olhava de modo estranho para filha. Temi por ela e por mim. Gritei, com raiva, para que ele saísse da sala e me deixasse com Seni, que era filha dele — não era tanto assim, já que ele não tinha por ela o amor de pai. Abracei minha menina de doze anos. A que eu não tinha parido, mas que eu tinha certeza ser ela também minha filha. Por ela e pelas outras eu morreria ou mataria se preciso fosse. E necessário foi o gesto extremado meu de quase matá-lo. Foi com uma precisão quase mortal que golpeei a cabeça do infame. Ao relembrar o acontecido, sinto o mesmo ódio. Repito que não me arrependi. Se há um arrependimento, foi de ter confiado naquele homem, que contaminou de dores a vida de minhas meninas. Às vezes, penso que tudo estava desenhado para fazer parte de meu caminho. Foi preciso que o ordinário chegasse a minha casa, com as três filhas, para que elas fossem salvas da crueldade do pai.

E tamanha foi a crueldade dele. Horas depois de ter sido enxotado da sala por Shirley Paixão, o homem retornou à casa e, aproveitando que ela já estava dormindo, se encaminhou devagar para o quarto das meninas. Então, puxou violentamente Seni da cama, modificando naquela noite, a maneira silenciosa como ele retirava a filha do quarto e levava aos fundos da casa, para machucá-la, como acontecendo há anos. Naquela noite, o animal estava tão furioso — afirma Shirley, chorando — que Seni, para a sua salvação, fez do medo, do pavor, coragem. E se irrompeu em prantos e gritos. As irmãs acordaram apavoradas engrossando a gritaria e o pedido de socorro. A princípio, não reconheceram o pai— só podia ser um estranho — e começaram a chamar por ele e por mim. Nem assim o desgraçado recuou. E avançou sobre Seni, gritando, xingando os maiores impropérios, rasgando suas vestes e expondo à nudez aquele corpo ainda meio-menina, violentado diversas vezes por ele, desde quando a mãe dela falecera. Nesse momento, eu já estava alcançando o quarto das meninas, no andar superior. E não conseguia atinar como alguém, que não tivesse a chave, pudesse ter entrado em nossa casa. Só podia ser ele, mas não imaginava a brutalidade da cena. Por um momento, pensei que ele, na ignorância dele, tivesse subido ao quarto para brigar mais uma vez com Seni. Foi quando assisti à cena mais dolorosa de minha vida. Um homem esbravejando, tentando agarrar, possuir, violentar o corpo nu de uma menina, enquanto outras vozes suplicantes, desesperadas, desamparadas, chamavam por socorro. Pediam ajuda ao pai, sem perceberem que ele era o próprio algoz. Naquele instante, a vida para mim perdeu o sentido, ou ganhou mais, nem sei. Eu precisava salvar minha filha que, literalmente, estava sob as garras daquele monstro! Seria matar ou morrer. Morrer eu não poderia, senão ele seria vitorioso e levaria seu intento até ao fim. E a salvação veio. Uma pequena barra de ferro, que funcionava como tranca para a janela, jazia em um dos cantos do quarto. Foi só um levantar e abaixar da barra. Quando vi, o animal ruim caiu estatelado no chão. Na metade do segundo movimento, alguém me segurou — uma vizinha. Outras e outras pessoas chegaram, despertadas pelos gritos. A menorzinha delas, sem que eu percebesse, saiu do quarto, gritando a vizinha e abrindo a porta. Depois vieram mais e mais sofrimentos: a imagem de minha menina nua, desamparada, envergonhada diante de mim, das irmãs e dos vizinhos, eu jamais esquecerei. Só quando vi o maldito estendido no chão, foi que corri para proteger Seni, e a sensação que experimentei foi a de que pegava um bebê estrangulado no meu colo. Naquele momento de total incompreensão diante da vida, eu não sabia o que dizer para Seni. Somente a embrulhei no lençol e fiquei com ela no colo, chorávamos. Ela, as irmãs e eu. Esquecemos o corpo caído no chão. Não sei quanto tempo passou. Não sei dizer direito quem decidiu o que fazer. Só me lembro de ter cumprido ordens, como: — Não banhar a menina. — Entregá-la para a minha amiga Luzia, para levá-la ao exame de corpo de delito. — Fui aconselhada a fugir do flagrante, eu deveria ir para a casa de uma de minhas irmãs. Tudo indicava que o homem estava morto. Nada importava, porém. Eu só queria ficar com Seni, que já não chorava, não falava; apática, parecia estar fora do mundo, enquanto as outras meninas desesperadamente se agarravam a mim.

O homem não estava morto. Recuperou a vida na cadeia. Eu vivi ainda tempos de minha meia-morte, atrás das grades, longe das minhas filhas e de toda a minha gente, por ter quase matado aquele animal. Sei que não se pode e nem se deve fazer justiça com as próprias mãos, mas o meu ato foi o de livrar a minha filha. Não tinha outro jeito. Era um homem alto e forte. Só um golpe bem dado poderia conter a força bruta dele. Fiquei três anos presa, depois ganhei a condicional. Hoje, quase trinta anos depois desses dolorosos fatos, continuamos a vida. Das meninas, três já me deram netos, estão felizes. Seni e a mais nova continuam morando comigo. A nossa irmandade, a confraria de mulheres, é agora fortalecida por uma geração de meninas netas que desponta. Seni continua buscando formas de suplantar as dores do passado. Creio que, ao longo do tempo, vem conseguindo. Entretanto, aprofunda, a cada dia, o seu dom de proteger e de cuidar da vida das pessoas. É uma excelente médica. Escolheu o ramo da pediatria.

Adelha Santana Limoeiro

Adelha Santana Limoeiro me causou a sensação de que já nos tínhamos encontrado um dia. Detalhe nenhum em seu porte me parecia estranho, posso dizer, nem o nome. Mas não era possível. Ela me afirmou nunca ter saído da cidade em que nasceu, Córrego Feliz. E se de lá ela nunca havia arredado o pé, aquela era a primeira vez que eu pisava por ali, desde o início de minhas andanças em busca de histórias de mulheres. Já que eu não conseguia atinar com o porquê da imagem dela me ser tão familiar, decidi achá -la parecida com uma estampa, que eu tinha visto, várias vezes, ainda na minha infância: a de Santa Ana, a santa velha, a mãe de Nossa Senhora, a avó de Jesus. E como as ilustrações de santas e de santos, na grande maioria, são brancas, para confirmar os meus achados de parecença, resolvi crer que Adelha Santana Limoeiro pareceria com Santana (era assim que falávamos quando criança), quando a santa fosse negra. Buscando assegurar ainda mais a validade de meu invento de semelhança para lá e parecença para cá, na ideia de sincretismo, encontrei a solução. Confundi tudo. Adelha Santana Limoeiro, negra, poderia, sim, relembrar a santa branca, a Santana, pois a avó de Jesus aparece sincretizada com Nanã, mito nagô.

Misturando a fé, fiz o amálgama possível. Pisei nos dois terrenos, já que Nanã é também velha. Adelha Santana Limoeiro é Nanã, aquela que conhece o limo, a lama, o lodo, onde estão os mortos. Santana, Nanã, Limo (eiro). E, depois desse reconhecimento, já é possível recontar a história que Santana me contou:

Uma noite, na entrada da madrugada, Adelha Santana foi chamada às presas para ir ao outro lado da cidade. Era preciso buscar seu marido, que havia passado mal, na casa de um de seus amigos. Santana vestiu-se rápido, mas sem desespero. Tinha consciência de que não adiantava aumentar o tamanho da aflição que já estava sentindo. Devia controlar os sentimentos e se preparar, pois o homem, segundo a pessoa que lhe viera trazer a notícia, não estava nada bem. E se fosse algo grave? Mais grave do que a morte, só uma doença talvez... Doença que paralisa e faz da pessoa morto-vivo... Se assim fosse, ela precisaria de muitas forças para amparar seu velho... E, com esses pensamentos, Adelha, com passos firmes e ligeiros, caminhou em direção ao córrego que cortava o centro do vilarejo. Ao atravessar a ponte, que de tão antiga ameaçava se esfarelar sobre as águas de Feliz, Adelha sentiu um forte calafrio ao imaginar a ausência que sentiria do companheiro, caso a vida dele partisse. Andou um pouco mais e, logo-logo, chegou à casa de onde havia partido o aflito recado. O dono, velho amigo do casal, veio atendê-la e, dali mesmo da porta, indicou a casa em frente, onde o marido dela se encontrava no momento.

Adelha Santana, por um instante, esperou que o amigo de seu companheiro fosse com ela até a casa apontada, mas desistiu quando percebeu que o homem continuava parado com o dedo indicador em riste. Era como se ele estivesse apontando o vazio da noite. Ela atravessou a rua e caminhou só. Por quem deveria chamar na moradia assinalada que guardava o corpo de seu velho? O que teria acontecido com ele, sempre tão sadio e que, de repente, emite um aviso de que muito mal estava? Como estaria ele? Seria um mal passageiro? Seria o mal da passagem sem retorno? Por quem ela deveria chamar na moradia assinalada que guardava o corpo de seu velho? Por quem?

Quando alguém, que espiava pelo vão da janela, percebeu a chegada da mulher do velho, a porta da casa se abriu, sem que fosse preciso nenhum chamado de Adelha Santana. Uma moça, quase menina, também por gestos indicou o aposento da casa em que o homem de Santana estava. O corpo dele, amolecido, jazia meio escorregado, quase caindo da cama. Mesmo à meia-luz, Adelha percebeu que seu companheiro não estava bem. Aproximou-se carinhosa, chamando- lhe pelo nome. Ele abriu os olhos, dando mostra de ter reconhecido a mulher. Tentou endireitar o corpo, gesto que não conseguiu. Outra moça, não tão jovem como a primeira, surgiu da escuridão do quarto, chorando e pedindo perdão à Adelha. Antes mesmo que Santana perdoasse, ela, aflita, perguntou se o homem ia morrer. Adelha encarou o rosto da moça e, mesmo sem poder enxergá-la bem, adivinhou a angústia que ela sentia e, calmamente, respondeu-lhe que não, pelo menos naquela hora não. Ela conhecia bem o velho. Havia mais de cinquenta anos que estavam juntos. No momento, parecia ser apenas um mal passageiro. Algum esforço que ele havia feito, alguma emoção maior. No momento, precisava só de algum remedinho. O calmante, mais o comprimido que ele tomava sempre e que ela tivera o cuidado de trazer alguns. Até o amanhecer completo, ele estaria bom e poderiam ir para casa, se fosse esse o desejo dele.

Não foi esse o desejo do velho, nas primeiras horas da manhã. Aliás, foi sim a sua vontade — me assegurou Santana — mas, embaraçado, não podia. Temia a chacota dos amigos, os olhares indiscretos dos vizinhos e, mais do que isso, a crueldade dos homens jovens ao saberem do triste fato acontecido. Ele passara mal em cima do corpo de uma jovem mulher.

Eu não tinha nada a perdoar às meninas, ao meu velho companheiro e nem a mim mesma — afirmou Santana no desfecho da história. — Eu sabia das andanças e das tentativas fracassadas dele. Havia muito que ele vinha sofrendo por não ter mais o punho tão rígido. Só ali ele se sentia homem, quando toda a sua carne do entre-pernas pulsava em pé. Um dia, comigo, eu ainda na flor madura de meus desejos, paciente, esperava por ele. Como sempre esperei por ele, enquanto meu namorado, meu companheiro, meu amante, meu amado. Ele, o pai de meus filhos, que estava envelhecendo junto comigo. Eu esperava por ele, pelo corpo dele tão conhecido e tão novo. Sim, novo, dado o momento, o instante a ser vivido. E velho, tão velho, dado o tempo que nos percorria. Eu esperava o pouso dele sobre mim, como o descanso de uma ave cansada, que reconhece o aconchego de seu velho ninho. Era só isso, era o que eu esperava. Eu sentia um prazer intenso em cruzar as nossas rugas no emaranhado de nossas peles secas e mornas sob o efeito da maturação do tempo que nos acometia. Era só o que eu ansiava. Só isso tudo. Mas, de repente, ele abandonou o meu corpo na espera e, aos brados, se levantou de mim. Gritava aos quatro ventos o desgraçado que era, repudiava o corpo morto, lamentava a falecida carne de seu falo. Bradava com ódio e pranto contra a sua anunciada morte. E daí, cada vez mais, foi sendo acometido pelo desprazer, pela insatisfação pela vida. Nessa mesma época, deixou de lado a música e o seu instrumento preferido, o piston. Recusou-se a tocar, tanto na igreja, como no único barzinho que existe aqui na cidade. O seu último ato de revolta foi destruir o instrumento, que havia adquirido fazia anos. Ia de mal a pior, até que eu tive uma ideia. Me doeu, mas fiz o que acreditei ser preciso fazer. Eu mesma aconselhei ao meu velho que fosse em frente. Que buscasse rejuvenescer o que lhe era tão caro. E, fingidamente, inventei estar em mim uma limitação que não era e nem é a minha. Quem sabe, não estaria no meu corpo a causa de sua anunciada morte? Quem sabe não viria de mim a causa de um desejo tão amolecido dele? — perguntei, ou melhor, quase afirmei para ele. E, desde então, dei asas ao velho, para que ele, na ignorância, na teimosia, no orgulho ferido de macho, voasse em busca daquilo que não se recupera, o vigor da juventude. Eu quero viver a grandeza de minha velhice e estou conseguindo sem mentiras, sem falsos remédios. Não quero me iludir com a cruel promessa da devolução de um tempo que já passou. E assim fiquei com ele algumas semanas, na casa, do outro lado do córrego. Ele, as jovens mulheres e eu. Nos primeiros dias, envergonhado, ele não quis voltar para nossa casa; depois, o médico da cidade, que atendia ao meu chamado, toda vez que ele desfalecia, achou melhor ficarmos por ali mesmo. As donas da casa, apavoradas, concordaram; eu não tinha nada a opor. Sem dificuldade alguma, cuidei financeiramente da sobrevivência de nós quatro enquanto estive por lá. E mais doloroso era perceber que, mesmo vivendo os seus últimos dias, meu velho buscava incessantemente o que, no corpo dele, era a única certeza, o único motivo de ele ser ele: o seu membro. Ironicamente, justo o pedaço de carne que primeiro perdeu a vitalidade em seu corpo. Seu último gesto foi tentar levar as mãos no entremeio de suas pernas. Assim a história dele terminou — não a minha — enfatizou Santana, no final deste relato.

Maria do Rosário Imaculada dos Santos

De Imaculada nada tenho — começou a assim a conversa de Maria do Rosário comigo —, mas não me sinto a primeira e nem a última das pecadoras, mesmo porque eu não acredito em pecados — continuou. Esse nome de santa mulher foi invenção do catolicismo exagerado de minha família. Mãe, tias, madrinha e também a minha avó, todas elas, não se contentaram só com o "Maria". E me fizeram carregar o peso dessa feminina santidade em meu nome, finalizada por "Santos" generalizados e não identificáveis. Segundo uma das minhas primas, que recentemente reencontrei, a Terezinha de Jesus dos Santos, filha da minha tia, Rita de Cássia, o meu nome original seria "Maria do Rosário Imaculada das Graças Conceição dos Santos". O padre, menos fiel à fé mariana, foi quem achou exagerado o sentido fervoroso de meu nome e não permitiu. Tenho fé em minha protetora, a "Maria", mulher de fibra, que suportou ser a mãe do Salvador. A ela dou o meu voto, o de crença, não o de castidade... E a outros santos e santas também...

Maria do Rosário Imaculada tinha a fala tão fácil, que até duvidei de que ela tivesse alguma história para contar, ou melhor, cheguei a pensar que o seu relato não traria novidade alguma. A porta da casa dela sempre aberta, era um sinal visível da receptividade da dona para qualquer pessoa que por ali passasse. Mas resolvi arriscar, o sorriso dela foi tão encantador e respondeu ao meu boa-tarde de uma maneira tão efusiva, que, para quem busca histórias, aquela atitude afiançava o desejo dela de conversar comigo. E quando, embora brincando, revelou o seu descontentamento com o próprio nome, me lembrei da mulher que havia criado um nome para si própria. Tive vontade de contar a história de Natalina Soledad, mas, naquele momento, o meu prazer era o da escuta. Insistindo sempre que de imaculada nada tinha, Maria do Rosário, ainda fazendo troça, pediu licença à outra, a santa, e começou a narração de um pouco de sua vida. Eis:

— Eu era bem menina ainda, tinha uns sete anos no máximo, mas tenho na memória a nitidez da cena. Minha mãe, eu e mais dois irmãos, um pouco maiores, estávamos sentados do lado de fora da casa em que morávamos. Era uma construção pequena, mas abrigava muitos. Meus avós paternos, duas tias solteiras, um tio solteiro, dois meninos filhos desse tio solteiro, que meus avós ajudavam a criar, meus pais, eu e mais dois irmãos. Mais adiante no mesmo terreiro, em outras casas também pequenas, moravam mais tios e tias, primos e primas crianças, uma bisavó materna e mais algumas pessoas, cujo grau de parentesco sanguíneo entre nós eu nunca soube precisar. Todos respondiam pelo sobrenome "Dos Santos" ou "Dos Reis", o que provocava sempre o seguinte comentário jocoso: quem não era do santo, era do rei... Do lado de fora da casa, nós estávamos a olhar o tempo vadio, sem nada para fazer, a não ser conversar os assuntos costumeiros, quando apontou lá na estrada um jipe. Levantamos rápidos e juntos. Era tão raro passar por ali algum automóvel. As outras casas começaram a se movimentar também e, em poucos minutos, a nossa população familiar estava toda eufórica assistindo ao gratuito espetáculo. Um jipe e casal estrangeiro (depois, com o tempo, descobri, eram pessoas do sul do Brasil) em nossas paragens. Pararam em nossa porta, desceram, conversaram conosco e ofereceram aos grandes, caso eles permitissem, um passeio com a criançada. Foi permitido. Os dois iam à frente e a meninada atrás. Deram duas ou três viagens. Na última só faltava eu e um dos meus irmãos, o maior, o Toninho. Subimos contentes e o carro aos poucos foi ganhando distância, distância, distância... Aflita e temerosa, pois começava a escurecer, pedimos ao moço e moça para fazer o caminho de volta. Eles apenas sorriram e continuaram adiante. Depois de muito tempo, noite adentro, eles pararam o jipe, puxaram violentamente o meu irmão, deixando o pobrezinho no meio da estrada aos gritos e continuaram a viagem comigo, me levando adiante. Nos primeiros dias, eu, na minha inocência, divagava entre o temor e a confiança. Nunca tinha escutado sobre casos de roubo de criança. Em casa, não tínhamos medos de perigos reais e sim de imaginários. Mula sem cabeça, lobisomem, almas do outro mundo... Cobras e bichos os grandes matavam. Inimigos homens não tínhamos, nem ouvíamos os grandes comentarem. Desavenças internas do grupo e externas ao clã familiar, para mim, criança pequena ainda, nunca haviam sido transformadas em crimes. Acho que, nos primeiros dias de estrada, acreditei, como meu irmão, nas primeiras horas do passeio, de que nada de mal estivesse realmente ocorrendo. E foi preciso que passassem muitos dias e muitas noites de viagem, nas estradas, para que eu entendesse que a moça e o moço estrangeiros tinham me tomado de meus pais. E, quando alcancei a gravidade da situação, por muito tempo pensei que fosse acontecer comigo, o que, muitas vezes, escutei os mais velhos contar. As histórias de escravidão de minha gente. Eu ia ser vendida como uma menina escrava.

Durante anos, vivi com o casal que me roubou de minha família, em uma casa grande, que parecia uma fazenda. Nos primeiros tempos sofri muito, chorava noite e dia. Choro gritado e choro calado. Um dia, resolvi buscar o caminho de volta, peguei a estrada, ou melhor, uma das estradas que dava para a casa deles. Caminhei muito até cair extenuada de cansaço e fome. Devo ter desmaiado, pois, quando acordei, estava no quartinho onde eu dormia. Ao meu lado, estava uma cesta com frutas, biscoitos e uma xícara de café com leite. De tempos em tempos, o casal viajava e deixava uma moça, também estrangeira, cuidando de mim. Eles nunca me bateram, mas me tratavam como se eu não existisse. Jamais perguntaram o meu nome, me chamavam de "menina". Um dia, me deram um cachorro e disseram ser um presente de aniversário. E me informaram, ainda, que era o mês de maio, mês de Maria, época que completava um ano da minha chegada à casa deles. No outro ano, fizeram a mesma observação e me deram uns cadernos e lápis, dizendo que a moça amiga deles ia me ensinar a ler. Gostei da novidade, eu havia começado a frequentar a escola, na vilazinha em que eu havia nascido lá no Brasil.

A moça, que me ensinou a ler, me ensinou outras coisas, mas nunca me perguntou nada sobre o tempo antes de eu chegar ali. Eu tinha um desejo enorme de falar de minha terra, de minha casa primeira, de meus pais, de minha família, de minha vida e nunca pude. Para eles, era como se eu tivesse nascido a partir dali. Todas as noites, antes do sono me pegar, eu mesma me contava as minhas histórias, as histórias de minha gente. Mas, com o passar do tempo, com desespero eu via a minha gente como um desenho distante, em que eu não alcançava os detalhes. Época houve em que tudo se tornou apenas um esboço. Por isso, tantos remendos em minha fala. A deslembrança de vários fatos me dói. Confesso, a minha história é feita mais de inventos do que de verdades...

Aprendi a ler e, como prêmio, ganhei um rádio, que ficava ligado noite e dia. O rádio me ligava ao mundo externo. Foi quando descobri que o casal não era estrangeiro, eu estava no Brasil, bem no sul, quase na Argentina, aí sim, outro país. Contudo, eu estava muito longe de minha terra. Nada podia fazer. Continuei, então, a minha vida, que se resumia no meu quarto e nas brincadeiras com Jesuszinho, o meu cachorro, nome que eu escolhi. Pouco trabalho era o meu. Cuidava de varrer a casa quando a moça não ia, limpava o meu quarto, que pouco sujava. O casal sempre mais ausente do que presente. Cresci sozinha. Das coisas de mulheres, o sangue que perdemos, quando me aconteceu pela primeira vez, da moça que me ensinou a leitura também tive a explicação. — Você agora é uma mulher! — Não entendi. Eu achava que eu já era mulher desde sempre. Tudo se confundiu naquela época, junto ao sangue que me escorria. Pensei em minha mãe, eu ainda sabia, na memória, o jeito do rosto dela. De minha mãe ouvi, várias vezes, ela dizer que tinha uma menina mulher e dois meninos homens.

Agora a moça, por conta do sangue que de mim corria, me dizia que eu já era mulher. Também, naqueles mesmos dias, ouvi o casal falar, para essa tal moça, que eu deveria estar com os meus doze anos e que já fazia sete anos de minha chegada à casa deles. O que o casal não imaginava é que eu também fazia a minha contagem do tempo. Só que os meus termos eram outros. Eu sabia que, ali, eu já tinha feito sete aniversários, longe dos meus. E para mim não se tratava da minha chegada à casa deles e sim da minha impotência diante deles, que haviam me tomado, ou melhor, me roubado de meus pais. Quando estava completando quase oito anos que eu tinha sido roubada, a moça que trabalhava para esse casal chegou, um dia, me dizendo que tinha uma notícia para mim. A imagem de minha família, ou melhor, o desejo de um encontro com os meus me tomou por inteira. Pensei que o milagre tivesse acontecido. Tendo, com o passar dos anos, aprendido a controlar as minhas emoções, fiz, contudo, silêncio. Eu sabia que ela só me daria a notícia no final da tarde. E, enquanto esperava, me imaginei viajando naquela mesma noite em busca de minha terra. Uma cidadezinha chamada "Flor de Mim". Só uma preocupação me doía, o Jesuszinho. Como eu ia levar o meu cão predileto, que, de tão predileto, era o único que eu tinha. No final da tarde, a notícia me foi dada. Uma bomba estourou sobre mim. O casal havia se separado, cada um ia seguir para uma cidade diferente. Uma tia deles, não sei se da mulher ou do homem, viria me buscar e me levaria com ela. Como viria de jipe, se eu quisesse, poderia levar comigo o meu cachorro. Tonta pelo efeito da bomba, fui deitar. No outro dia, cedinho, com meus poucos pertences mais o Jesuszinho, fui levada por uma senhora loira e desconhecida, pela segunda vez, por um caminho que eu ignorava onde ia dar. A moça, que com o consentimento do casal me ensinara ler, da porta me acenou, com gesto abreviado, a metade de uma despedida. Chorei para dentro, mais vez. Eu sabia que não estava indo para a minha cidade, Flor de Mim. E estava deixando uma pessoa. Por força de não ter ninguém dos meus por perto, eu tinha me afeiçoado a ela. A moça que trabalhava com o casal e que se chamava Berta Calazans.

Nessa segunda casa, junto à família Souza Pacelli, tive de me adaptar a um estilo, totalmente contrário ao que eu tinha vivido nos anos anteriores. De Flor de Mim, lugarejo de vivência de minha primeira infância, fui para uma cidade chamada Alto dos Vales do Sul, levada pelo casal. Ali, a vida tinha um quê interiorano também. De Vales do Sul fui encaminhada para a Cidade de Frei Cardoso. Lá, encontrei um movimento intenso, assustador. Carros, bondes, bicicletas, vozes altas e desmedidas. Jesuszinho não aguentou, morreu. Eu trabalhava imensamente, aprendi a cozinhar, a passar e a cuidar de crianças. O rádio, que eu levara, acabou perdendo a função. Recebi ordens para não o ligar, para não gastar luz e não me distrair no trabalho. Aguentei esse inferno durante sete anos e só tinha um objetivo: o de juntar dinheiro e voltar para Flor de Mim. Mas o tempo foi passando. Dali, saí para outra casa e mais casas. Nunca mais soube do casal que me roubou de meus pais. Nunca entendi qual foi a intenção deles.

Às vezes, fico pensando qual teria sido a causa maior da demora do meu regresso. Em dado momento de minha vida, ganhei autonomia, podia ir e vir. Acho que a coragem me faltou. Um temor me perseguia. Será que a cidade Flor de Mim ainda existia? Será que os meus ainda existiam? Será que, se eu chegasse por lá, eles ainda me reconheceriam como sendo uma pessoa da família? O tempo passando e Flor de Mim parecendo murchar em meus desejos.

Namorei, casei, descasei, algumas vezes. Filhos nunca tive, evitei e, as vezes que engravidei, não deixei chegar ao término. Não queria ter família, tinha medo de perder os meus. Muitas águas rolaram e, de muitas, nem a misteriosa nascente eu conhecia. Nunca entendi, por exemplo, como recebi, um dia, o meu registro de nascimento. Tudo certo, constavam os nomes de meus pais. O documento chegou a mando da tal tia, parente do casal, que me roubou de minha família. Tive a impressão de que eu era vigiada, pois tudo se deu muito tempo depois de eu ter deixado a casa dessa senhora. E, apesar de me sentir, o tempo todo, me movendo sobre um rio de desconhecidas e perigosas águas, continuei nadando, para continuar vivendo. De vez em quando, eu mudava de cidade também. A minha escolha por nova moradia obedecia a um roteiro previamente escolhido. Sempre a procura estava direcionada para as bandas de minha terra natal. Aos poucos, eu ia cumprindo um percurso que me encaminhava à direção de volta. Um dia, aconteceu um fato que provocou um retorno a mim mesma, trinta e cinco anos depois. Foi então que voltei para minha cidade, Flor de Mim, e aqui estou há vinte anos. Veja, moça, como isso se deu:

Na época em que o reencontro aconteceu, eu andava lamentando as desgraças da vida. A lembrança do dia em que fui roubada voltava incessantemente. Às vezes, com todos os detalhes, ora grosseiramente modificado. Na versão modificada, eu-menina era jogada no porão de um navio, pelo casal que tinha me roubado de casa. Além do constante retorno a essa dor, eu estava vivendo o final do meu segundo casamento. Só um motivo me mantinha viva, os meus estudos. Estava concluindo o segundo grau e me preparando para seguir adiante, apesar do desânimo que me acometia algumas vezes. E foi na ambiência dos estudos que surgiu minha salvação, a partir de um ciclo de palestras sobre "Crianças desaparecidas". Quando soube do evento que ia acontecer, adoeci, perdendo os primeiros dias da jornada. Só no último dia consegui levantar da cama, mesmo assim, tomada por uma sensação de desfalecimento e febre. Uma força maior me comandava, entretanto. A força do desejo dos perdidos em busca do caminho de casa. Fui para escutar, eu não sabia nem dizer da minha perda. Nunca tinha relatado minha história para ninguém. Inventava sempre uma história sobre as minhas origens. Uma espécie de vergonha me consumia. Vergonha e culpa por ter me apartado dos meus. Nesse dia, cheguei ao local da palestra, no momento em que algumas pessoas começaram a contar casos de desaparecimentos, sequestros, sumiços e fugas de crianças. Mais angustiada fui ficando com tudo que ouvia. Parecia que estavam contando a minha história, em cada acontecimento da vida de outras pessoas. Eu não estava suportando mais, o ar me faltava, tinha a sensação de que ia morrer. Foi então que resolvi sair da sala, mas, quando levantei, ouvi uma voz que me pareceu familiar. De chofre, reconheci. Era o tom da voz de minha mãe, a síntese de todos os sons de uma curta infância, junto aos meus. Ri da minha perturbação. O que estaria a minha mãe fazendo ali no colégio? Mais resoluta fiquei na minha determinação de sair. Precisava ir embora. Eu estava fazendo uma brincadeira de mau gosto comigo mesma? E me pus de pé. Lá na frente, o corpo que imitava a voz de minha mãe, acintosamente, contava uma história acontecida na família dela. A história de uma irmã, que ela nem conhecera, pois tinha sido roubada, ainda menina e nunca mais a família soubera qualquer notícia. Não consegui sair e, entretanto, não fiquei. Não me assentei também, apesar dos pedidos. Depois, eu soube que soavam à minha volta. Fui ajuntando os pedaços do relato que eu pude escutar, em meio a uma profunda tontura. Porém, não era o relato de minha irmã que havia nascido depois de minha partida forçada que eu ouvia. Não era a fala dela que me prendia. E sim o jipe. Lá estava o jipe ganhando distância, distância, distância... Lá estava o meu irmão chorando no meio da estrada e eu indo, indo, indo... Quando acordei do desmaio, a moça do relato segurava a minha mão; não foi preciso dizer mais nada. A nossa voz irmanada no sofrimento e no real parentesco falou por nós. Reconhecemo-nos. Eu não era mais a desaparecida. E Flor de Mim estava em mim, apesar de tudo. Sobrevivemos, eu e os meus. Desde sempre.

Isaltina Campo Belo

Isaltina Campo Belo me recebeu com um sorriso de boas-vindas acompanhado de um longo e apertado abraço. Depois desse gesto, meio sem graça, me pediu desculpas dizendo que estava se sentindo tão honrada com a minha presença, e por isso tinha cometido aquela desmesurada audácia. Não me importei — disse eu — aliás, me importei sim — gostei tanto, que espero a repetição desse abraço na saída. E soltamos uma boa gargalhada, como se fôssemos antigas e íntimas companheiras. A sonoridade de nossos risos, como cócegas no meu corpo, me dava mais motivos de gargalhar e creio que a ela também. E foi tudo tão espontâneo, que me recordei de algo que li um dia sobre o porquê de as mulheres negras sorrirem tanto. Embora o texto fosse um ensaio, lá estavam Isaltina e eu, como personagens do escrito, no momento em que vivíamos a nossa gargalhada nascida daquele franco afago. E quando os nossos risos serenaram, ela me agradeceu pelo fato de eu ter passado pela casa dela, para colher a sua história. Era uma honra, uma honra! — repetia pausadamente — sempre inquieta a me olhar.

Campo Belo, como gostava de ser chamada, entre outros detalhes, tinha uma idade indefinida, a meu ver. Se os cabelos curtos, à moda black-power, estavam profundamente marcados por chumaços brancos, denunciando que a sua juventude já tinha ficado há um bom tempo para trás, seu rosto negro, sem qualquer vestígio de rugas, brincava de ser o de uma mulher, que no máximo teria os quarenta anos. Entretanto, Isaltina tinha uma filha de 35 anos. Walquíria, a sua menina, que me foi apresentada por meio de uma foto, orgulhosamente exibida pela mãe. Pude observar que, apesar da semelhança entre as duas, a filha não dissimulava a idade, como Campo Belo. Durante toda a narração da história, a foto de Walquíria não nos abandonou, ora nas mãos de Isaltina, ora nas minhas. Quando estava comigo, eu estava sempre aceitando o oferecimento da mãe, mas também podia ser fruto de um gesto involuntário meu, que, sem perceber, quase tomava a fotografia de Walquíria. E, quando o retrato da moça, não estava em nossas mãos, estava em cima da mesa a nos contemplar. Eu tive a impressão de que Campo Belo falava para a filha e não para mim. Não fiz uma interferência, nenhuma pergunta. Guardei silêncio, o momento de fala não era meu.

Desde menina —assim começou Campo Belo, com a foto de Walquíria nas mãos — eu me sentia diferente. Nascida após um menino e uma menina, tive uma infância sem muitas dificuldades. Meu pai trabalhava como pequeno funcionário da prefeitura e minha mãe como enfermeira do grande hospital público da cidade. Ambos trabalhavam muito. Meu pai completava o salário fazendo a contabilidade de várias lojas do comércio local. E minha mãe, aplicando injeções, fazendo curativos e, às vezes, até partos de mulheres que, pelos mais variados motivos, não chegavam ao único hospital da cidade. Éramos muito conhecidos e bem aceitos. Nossa família, desde os avós maternos de minha mãe, já se encontrava estabelecida na cidade. Eles tinham chegado ali, como negros livres, nos meados do século dezenove, com uma parca economia. Minha mãe, orgulhosamente, sempre nos contava a luta de seus antecedentes pela compra da carta de alforria. Histórias que eu, meu irmão e minha irmã ouvíamos e repetíamos com altivez, sempre que podíamos, na escola. Meu pai, também nascido e ali criado, tinha histórias mais dolorosas de seus antepassados. Entretanto, seus pais, meus avós, à custa de muito trabalho em terras de fazendeiros, em um dado momento, conseguiram comprar alguns alqueires de terra e iniciaram uma lavoura própria. Era uma narrativa que alimentava também a nossa dignidade. E com isso, ele, filho único, pôde estudar, o que lhe rendeu o emprego na prefeitura local. Tive uma infância feliz, só uma dúvida me perseguia. Eu me sentia menino e me angustiava com o fato de ninguém perceber. Tinham me dado um nome errado, me tratavam de modo errado, me vestiam de maneira errada... Estavam todos enganados.

Eu era um menino. O que mais me intrigava era o fato de minha mãe ser enfermeira e nunca ter percebido o engano que todos cometiam. Ainda novinha, talvez antes mesmo dos meus cinco anos, eu já descobrira o menino que eu trazia em mim e acreditava piamente que, um dia, os grandes iriam perceber o erro que estavam cometendo. E quando, aos seis anos, numa noite, fui acometida por uma grave crise de apendicite, tendo de ser levada às pressas para o hospital, intimamente sorria feliz. Enquanto eu imaginava a minha volta como menino e a surpresa que isso causaria, meu irmão e irmã choravam copiosamente, pensando que eu fosse morrer. Meu pai, aflito, interrompeu a contabilidade para acompanhar a minha mãe ao hospital, local que ela tão bem conhecia. Meus avós, tios, tias, o clã inteiro, batiam a toda hora na nossa porta, procurando notícias e atrapalhando a nossa saída. Mamãe, querendo me apaziguar, e intuindo sobre o mal que me acometia, me explicava ternamente o que poderia acontecer. Ela dizia, com aparente calma, que talvez o médico precisasse fazer um "cortinho" na minha barriga. Apesar da dor, eu quase sorria e desejava que tal fato acontecesse. Ali estava a minha chance. O médico iria descobrir quem era eu, lá por debaixo de mim, e contaria para todos. Então, o menino que eu carregava, e que ninguém via, poderia soltar as suas asas e voar feliz.

O médico não descobriu. E a ignorância dele sobre quem eu era ficou comprovada quando, no outro dia, no final da tarde, ele me cumprimentou dizendo que eu era uma menina muito corajosa, mais corajosa do que muitos meninos. A dor que eu senti naquele momento foi maior do que a que senti com a supuração de minha apendicite. Busquei a face de minha mãe, na esperança de encontrar, no rosto dela, qualquer sinal de desagrado diante da tolice que o médico havia dito. Pelo contrário, mamãe sorria e ainda completou a errada fala do médico dizendo que ele tinha razão. Ela estava muito orgulhosa de mim, ela não sabia que eu era uma menina tão corajosa... Odiei minha mãe naquele momento, achei que ela não podia agir comigo daquela forma.

Até eu completar dez anos, mais ou menos, cresci alternando um sentimento de ódio e de amor por minha mãe. A todos eu perdoava o desconhecimento que tinham a meu respeito, menos à minha mãe. Impossível acreditar que ela não soubesse quem eu era. Por que ela agia daquela forma comigo? Quanto ao meu irmão e minha irmã, eu os supunha muito ingênuos, distraídos até. Como meu irmão não percebia que eu era igual a ele e como a minha irmã não percebia que eu era diferente dela? E minha mãe sempre cumprindo o papel de minha algoz. Por que ela não corrigia os demais? De meu pai, não sei o porquê, nunca pensei que ele pudesse me ajudar nas inconfessáveis urgências de minha infância. Era um homem boníssimo, mas a quem, nós, crianças, não tínhamos a coragem de interromper em seus infindos trabalhos. Entretanto, a perene certeza de que eu era diferente e a falta de lugar que esse sentimento me causava não me deixavam alheia aos jogos da idade. Brincava, brigava, estudava como qualquer criança do lugar em que nasci e cresci. Outro acontecimento que marcou a minha vida, no que tange ao menino que eu acreditava trazer em mim, foi quando surgiram os primeiros sangramentos menstruais de minha irmã. Ela estava exatamente com doze anos e eu ia completar dez dali a uns meses. Sobre menstruação e outros assuntos relativos a sexo, não sabíamos nada, além do que descobríamos por conta própria. Esses assuntos e mais alguns eram segredados entre as mulheres adultas da família. Porém, com a chegada do sangue mensal de minha irmã, a escorrer pelas suas pernas, houve para nós uma ligeira entronização nas conversas das mulheres mais velhas. A chegada do sangue de minha irmã assim se deu:

Estávamos ela e eu numa entontecida brincadeira de sobe e desce das árvores, fugindo de meu irmão, que já havia completado os treze anos, quando percebi um filete de sangue escorrendo pela perna abaixo de minha irmã. Apavorada, gritei, pensando que ela tivesse se machucado no entre-pernas. Mamãe veio ralhando contra o meu escândalo e ordenando que descêssemos da árvore (aliás, ela não gostava que subíssemos em árvores, só o meu irmão podia). Nesse momento, minha irmã voltou a reclamar de uma dor na barriga, que ela já vinha sofrendo há dias. Mamãe nos mandou entrar. Fomos os três. Entretanto, meu irmão foi dispensado e avisado de que não ficasse por ali, tentando escutar conversa de mulheres. Sem muito rodeio e grandes explicações, ela nos falou do sangue que as mulheres vertem todos os meses. Concluiu a explicação dizendo que a minha irmã havia ficado "mocinha". E com uma entonação mais baixa e carinhosa de voz, afirmou que brevemente teria duas "mocinhas" dentro de casa, pois a minha hora estava chegando. E chegou mesmo. Antes dos meus onze anos, uma noite, sem qualquer sinal do que estava para acontecer, sem dor alguma, quem verteu sangue fui eu. Não senti prazer ou desprazer algum. Tanto eu como minha irmã já estávamos mais sabidinhas. Em pouco tempo, sem que a mamãe-enfermeira soubesse, descobrimos, na rua e nos livros, tudo sobre o corpo da mulher e do homem. Sobre beijos e afagos dos homens para com as mulheres. Lembro-me de que fui invadida por certo sentimento, que não sei explicar até hoje, uma sensação de estar fora de lugar. Eu via e sentia o meu corpo parecer com o de minha irmã e se diferenciar do porte de meu irmão. Eu já sabia que a história do sangue mensal era nossa, isto é, de mulheres. Sabia também que só o corpo da mulher podia guardar dentro dele um bebê. Eu via o meu corpo menina e, muitas vezes, gostava de me contemplar. O que me confundia era o caminho diferente que os meus desejos de beijos e afagos tendiam. E, por isso, acabei de crescer, contida. Amarrava os meus desejos por outras meninas e fugia dos meninos. Em toda a minha adolescência, vivi um processo de fuga. Recusava namorados, inventava explicações sobre o meu desinteresse sobre os meninos e imaginava doces meninas sempre ao meu lado. Até que, um dia, dolorosamente tudo mudou.

Tinha eu meus vinte e dois anos sem nunca ter experimentado uma paixão, um afago, uma ilusão de amor qualquer. Nem platônica. A cada pergunta de minha mãe ou de alguém de minha família sobre a existência de um possível namorado, mesmo eu jurando que nem em desejos essa pessoa existia, todas as pessoas, normalmente, desacreditavam de minha resposta negativa. E as justificativas sobre essas descrenças eram sempre as mesmas. Como uma jovem tão inteligente, tão bonita, tão educada, tão e tão como eu, podia estar sozinha... Inexplicável. Enquanto isso, meu irmão e minha irmã cada vez mais se afirmavam no campo amoroso, sob a aprovação ou desaprovação, não só de nossos pais, mas de vários membros da família. Sem nada para contar, pois nada eu tinha vivido nesse terreno, estranha no ninho, em que os pares são formados por um homem e uma mulher, resolvi sair de casa, mudar de cidade, buscar um mundo que me coubesse. Mas que me coubesse sozinha. E achei, ou melhor, acreditei ter achado. Com um diploma nas mãos e algum conhecimento de enfermagem, parti para a cidade, buscando emprego e mais estudos. Ali fiz amigos e, por uns tempos, ninguém me perguntou sobre nada que eu não soubesse ou quisesse responder. Meus dias seguiam tranquilos. Eu era eu, uma moça a esconder um rapaz, que eu acreditava existir em mim. Tudo desconhecido, nada experimentado no campo amoroso. Uma fuga que me garantia certa segurança, já que eu não me expunha a ninguém, até que um dia um colega de faculdade disse estar encantado por mim. Iniciamos um namoro sem jeito, só de palavras e comedidos gestos. Ele de uma elegância e de um cuidado tal, que ganhou a minha confiança. E me conquistou tanto como uma pessoa de bem, que acreditei que ele entenderia, quando eu contasse para ele, uma das diferenças que eu vivia em mim, em relação ao nosso namoro. Um dia, em que ele desejava beijos e afagos, e eu sem desejo algum, sem nada a me palpitar por dentro e por fora, falei de minha vida até ali. Falei do menino que eu carregava em mim desde sempre. Ele, sorrindo, dizia não acreditar e apostava que a razão de tudo deveria ser algum medo que eu trazia escondido no inconsciente. Afirmava que eu deveria gostar muito e muito de homem, apenas não sabia. Se eu ficasse com ele, qualquer dúvida que eu pudesse ter sobre o sexo entre um homem e uma mulher acabaria. Ele iria me ensinar, me despertar, me fazer mulher. E afirmava, com veemência, que tinha certeza de meu fogo, pois afinal, eu era uma mulher negra, uma mulher negra... Eu não sabia o que responder para ele. Em mim, eu achava a resposta, mas só para mim. Eu sabia, desde a infância, do menino que existia em mim. E esse menino crescera comigo, assim como cresceram os meus seios...

Esse meu pretenso namorado, ou melhor, esse pretensioso namorado, continuou me cercando. Não mostrava nenhum desapontamento com a minha recusa, mesmo depois de ter feito mais algumas tentativas, não por atos e sim por palavras, por doces pedidos. Continuamos e nos tornamos amigos, pensava eu. Um dia, ele me convidou para a festa de seu aniversário e dizia ter convidado outros colegas de trabalho, entre os quais, duas enfermeiras do setor. Fui. Nunca poderia imaginar o que me esperava. Ele e mais cinco homens, todos desconhecidos. Não bebo. Um guaraná me foi oferecido. Aceitei. Bastou. Cinco homens deflorando a inexperiência e a solidão de meu corpo. Diziam, entre eles, que estavam me ensinando a ser mulher. Tenho vergonha e nojo do momento. Nunca contei para ninguém o acontecido. Só agora, depois de trinta e cinco anos, neste exato momento, me esforço por falar em voz alta o que me aconteceu. Os mais humilhantes detalhes morrem na minha garganta, mas nunca nas minhas lembranças. Nunca mais voltei ao trabalho. Hoje eu reagiria de outra forma, tenho certeza, mas na época, fui tomada por um sentimento de vergonha e impotência. Sentia-me como o símbolo da insignificância. Quem eu era? Quem era eu? Depois, apareceu a gravidez, uma possibilidade, na qual eu nunca pensara, nem como desejo, e jamais como um risco. Tal era o estado de alheamento em que eu me encontrava, que só fui me perceber grávida sete meses depois, quase com a criança nascendo. Nem a falta do sangramento mensal, nem a modificação do meu corpo e muito menos a movimentação do bebê... Walquíria se fez sozinha em mim. Pai sempre foi um nome impronunciável para ela. Dentre cinco homens, de quem seria a paternidade construída sob o signo da violência? Não sei, não sei... Meus pais se rejubilaram felizes, quando voltei em casa com a minha menina. Fizeram algumas perguntas sobre o namorado que eu havia arrumado na cidade. Nada eu disse. Respeitaram o meu silêncio. Passei por lá uns tempos, trabalhando no mesmo hospital em que minha mãe trabalhava. Um dia, achei que era novamente a hora de partir. E assim fiz, levando comigo a minha menina. Eu vivia por ela. Tudo em mim adormecido, menos o amor por minha filha. Entretanto, bons ventos também sopram. E quem me trouxe o vento da bonança foi ela, minha filha. Como? Digo eu, como.

Na primeira reunião do jardim de infância, em que matriculei Walquíria, naquele momento, apreendi não só as orientações que a professora transmitia às mães das crianças, mas também o olhar insistente da moça em minha direção. E foi então que o menino que habitava em mim reapareceu crescido. Voltei à minha infância, imagens embaralhadas se interpunham entre mim e a moça. Minha mãe, meu pai, a operação de apendicite, a menstruação de minha irmã a escorrer pela perna abaixo, a minha logo depois, nós duas ouvindo várias vezes os ensinamentos de como deviam se comportar as mocinhas e meu irmão subindo em árvores com o consentimento de minha mãe... Nesse emaranhado de lembranças, lá estavam o meu corpo -mulher, a cena do estupro, minha filha nascendo. E, de repente, uma constatação que me apaziguou. Não havia um menino em mim, não havia nenhum homem dentro de mim. Eu, até então, encarava o estupro como um castigo merecido, por não me sentir seduzida por homens. Naquele momento, sob o olhar daquela moça, me dei permissão pela primeira vez. Sim, eu podia me encantar por alguém e esse alguém podia ser uma mulher. Eu podia desejar a minha semelhante, tanto quanto outras semelhantes minhas desejam o homem. E foi então que eu me entendi mulher, igual a todas e diferente de todas que ali estavam. Busquei novamente o olhar daquela que seria a primeira professora de minha filha e com quem eu aprenderia também a me conhecer, a me aceitar feliz e em paz comigo mesma. O olhar dela continuava a chamar pelo meu. Respondi ao momento. O tempo de todos os dias nos conduziu, enquanto eu conduzia Walquíria para a escola. E todos os dias passaram a ser nossos. Como um chamamento à vida, Miríades me surgiu. Eu nunca tinha sido de ninguém em oferecimento, assim como corpo algum tinha sido meu como dádiva. Só Miríades eu tive. Só Miríades me teve.

Tamanha foi a nossa felicidade. Miríades, Walquíria e eu. Minha menina, se pai não teve, de mãe, o carinho foi em abundância, em dose dupla. Hoje, Miríades brinca de esconde-esconde em alguma outra galáxia. Ela jaz no espaço eterno. Tamanha foi a nossa felicidade. Das três. Miríades, Walquria e eu.

Mary Benedita

Quando Mary Benedita me procurou no pequeno hotel em que eu estava hospedada havia apenas um dia, na cidade de Manhãs Azuis, imaginei que a moça tivesse vindo à minha procura por vários e tantos outros motivos. Pensei que tivesse vindo para pedir alguma informação sobre a vida na capital, lugar de minha residência. Para pedir trabalho, enquanto eu estivesse por ali. Ou ainda para solicitar algum auxílio. Sim, alguma ajuda urgente. Experiente que sou da vida de parcos recursos, sei das diversas necessidades que nos assolam no dia a dia. Não imaginei, entretanto, que ela, mal sabendo que uma ouvinte de histórias de suas semelhantes havia chegado à cidade, tivesse vindo tão rapidamente à minha procura, para atender ao meu afã de escuta. Tímida, porém determinada, foi logo dizendo que precisava me contar algo de sua vida. Viera para me oferecer o seu corpo/história. Cansada ainda da viagem empreendida na noite anterior, deitei meu cansaço fora, no mesmo instante em que ela me expôs a sua intenção.

A primeira revelação de Mary Benedita foi a de me dizer do encantamento dela por línguas estrangeiras. Além do português, sabia falar com desenvoltura: inglês, francês e espanhol. Tinha, ainda, um conhecimento relativo de algumas línguas africanas, como o kimbundo e o suahile, da mesma forma que falava, sem muitas dificuldades, o grego e o árabe. Conhecia também muito do vocabulário norueguês e tcheco, assim como a estrutura linguística e gramatical desses idiomas; lia, portanto, mas articulava muito mal os sons dessas duas línguas, me afirmou ela. A sua competência poliglota ia sendo construída aos poucos como autodidata. Só a aprendizagem do inglês tinha sido adquirida em um breve curso. Confessou-me, do mesmo modo, que o interesse dela, no momento, estava voltado para algumas línguas faladas pelos índios brasileiros. Queria aprender pelo menos duas: maxakali e o nheengatu. Dizia isso com um disfarçado entusiasmo. Depois dessa breve exposição, enfatizou o desejo de ser chamada por Mary Benedita. Acrescentou, ainda, que nas andanças que tinha feito pelo mundo afora, havia expressões em línguas estrangeiras, que ela gostava imensamente de repetir. Uma delas era my sister. E assim começou:

My sister, quem tem os olhos fundos, começa a chorar cedo e madruga antes do sol para secar sozinha as lágrimas. Por isso, minha urgência em deixar o meu relato. Gosto de madrugar, de ser a primeira. Nada me garante que a espera pode me conduzir ao que quero. Na espera, temo que os dias me vazem entre os dedos. Só quem tem iamini, primeiramente em si mesmo, se lança pelos caminhos do mundo. Digo mesmo que o tempo é curto, por isso, desde menina, sempre corri. Corria pelo caminho, quando ia para a escola. Correndo, entrava esbaforida pela igreja adentro, assustando o padre e envergonhando a família. Corria, sem motivo aparente algum, pelo chão de nosso sítio. Escalava e descia as montanhas próximas de minha casa, imprimindo urgência a cada passo, como se tudo fosse fugir sob os meus pés. Havia, porém algo que me freava e me deixava quieta, extasiada. Era a contemplação do mapa-múndi. Eu gostava de ibudissar sobre o tamanho do mundo. Toda e qualquer lição de geografia, que me trouxesse a possibilidade de pensar a extensão da terra, tinha o efeito de amainar os meus desesperados atos de correria. Calmamente, então, eu traçava roteiros de viagens. E me quedava durante horas inteiras, com um atlas nas mãos, imaginando percursos sobre infinitos caminhos.

Mas como uma menina nascida em Manhãs

Azuis, a sétima de dez filhos, no seio de uma família de pequenos lavradores, poderia ganhar o mundo, aprender línguas, pintar quadros e tocar piano? Como, My sister? Como? — insistia Mary Benedita, olhando desafiadoramente para mim, me afirmando que, talvez, eu não tivesse a resposta. Só ela sabia. Eu sei — afirmou vitoriosa — My way foi também uma criação minha. Quer ouvir?

Uma menina nascida em Manhãs Azuis, dona da presteza em tudo, da ligeireza da fala e do pensamento, da noite para o dia começou a se aquietar. De um casal de tartarugas que havia em nosso quintal, passei a imitar os passos e a fingir cansaço. Não foi preciso outras encenações, nem choro; logo surgiram as velas. Rezas de minha mãe e de minha madrinha, junto ao altar da Senhora das Graças, para que a força dos movimentos se apossasse novamente de mim. E nada. Eu continuava mais pedra, mais sólida, mais fixa ainda no meu desejo de ganhar o mundo. Minha família entendeu que eu estava doente. Nada que pudesse ser curado com chazinhos, benzeções, rezas e promessas. O diagnóstico de uma possível e grave doença foi confirmado pelo farmacêutico e pela benzedeira de Manhãs Azuis. Só havia uma solução, me enviar para a capital, lugar de grandes hospitais e muitos médicos. Nada impossível para a família. Uma irmã de meu pai, ovelha desgarrada da família, morava em Horizonte Aberto. Essa tia, desconhecida até então, muito solícita me acolheu. Tão feliz eu estava com a minha ida para a capital, que depois de enfrentar um percurso feito de trem e de ônibus, ao chegar à casa de tia Aurora, esqueci da minha fingida doença. Titia me elogiou a vitalidade e me assegurou que eu não precisava temer nada. No dia seguinte, me levaria ao médico, mas eu poderia ficar com ela, o tempo que quisesse, desde que os de minha casa permitissem. Havia anos que ela não via o irmão; meu pai, e a minha mãe, ela só vira no dia do casamento dos dois. Entretanto, não queria aborrecimentos, estava ali para ajudar. Notei algo de cumplicidade no tom de voz dela. Será que a Tia Aurora, sem me conhecer, já tinha desconfiado de tudo? Passei a noite tão atordoada, que não consegui dormi apesar do lecho macio. No outro dia, enquanto nos aprontávamos para ir ao médico, não consegui segurar o choro e, naquele instante, minha tia pensou realmente que eu estivesse passando mal. Entre soluços, envergonhada com minha mentira, pulei, cantei, dancei, para afirmar que todo o cansaço que eu sofria e que fora descrito por meus pais, como um sintoma ameaçador de um coração nada sadio, era mentira, pura mentira. Eu estava bem, muito bem, só queria mais chão e mais céus do que o que eu via em Manhãs Azuis. Tia Aurora não deixou de recriminar a minha mentira, mas de uma maneira tão doce, que confirmou as minhas suspeitas. Sim, ela era minha aliada. A primeira semana passou e nós não sabíamos o que dizer a meus pais. A dificuldade de telefone em Manhãs Azuis nos salvou por mais alguns dias, mas, na segunda semana, recebemos uma carta de meu pai. Aflito, ele perguntava sobre a minha saúde e falava das angústias dos que tinham ficado para trás. Vovó Andiá rezava alto o terço, duas vezes por dia, em minha intenção. Meus dois irmãos menores passaram a não aceitar mais as brevidades do café da manhã.

Privação que suportariam até eu voltar para casa. Então, o meu coraçãozinho tão sadio, de menina de dez anos, nascida em Manhãs Azuis, terra pequena, um ponto minúsculo, não representado em mapa algum, doeu atormentado. E foi com essa aflição instalada no peito que pedi a minha Tia Aurora que contasse toda a verdade e que também suplicasse aos meus pais que me deixassem morar com ela. A resposta foi que, talvez, os meus pais pensassem que ela seria a pessoa menos indicada para cuidar de uma mocinha. Não entendi. Na minha inocência eu nem imaginava qual conceito a família tinha dessa minha tia. Uma mulher solteira, estudada, que morava sozinha na capital. Descobri, uns dias depois, que Tia Aurora era professora de música e que, durante alguns anos, tinha trabalhado na embaixada brasileira em Viena e, anteriormente, como arquivista em uma grande empresa de engenharia. No quarto dela havia um violino e um Globo Terrestre. O consentimento dos meus não veio logo. Antes, recebi uma carta de minha mãe, que, mesmo tendo dificuldades na escrita, me transmitia compreensíveis mensagens de todos os parentes. Estavam felizes por eu não estar doente, mas tristes com o meu desejo de abandonar a família. Meus irmãos menores insistiam na minha volta. E prometiam que, se eu regressasse, me dariam todas as brevidades deles, até o término de nossa vida. No final do mês seguinte, estava eu de manhã em casa sozinha, com o globo terrestre nas mãos, quando a campainha tocou. Estranhei e continuei quieta. Tia Aurora havia me recomendado nunca abrir a porta na ausência dela. O toque se repetiu por duas vezes; em seguida reconheci a voz de meu pai, chamando pela irmã. Amedrontada nada respondi. Logo depois minha tia chegou. Entrou acompanhada, ou melhor, abraçada com meu pai. Choravam os dois. Algumas vezes, eu já havia visto minha mãe chorar; meu pai nunca. Jantamos os três juntos, Tia Aurora e meu pai remontavam histórias de família; algumas eu sabia, outras não. Enquanto ela demonstrava tranquilidade, eu, nervosismo. Sabia que, ao terminar o jantar, meu pai diria o porquê da visita dele. E foi o que aconteceu. Depois de ser retirada a mesa, papai nos comunicou que voltaríamos, no outro dia, bem cedinho, para Manhãs Azuis. Agradeceu a acolhida, o carinho que Titia estava tendo por mim, mas, a mando de minha mãe, ele tinha ido me buscar. Tia Aurora ficou por uns tempos calada, para depois lamentar que seria uma pena, pois, para a semana seguinte, ela havia programado uns passeios para mim. E, se meu pai e a minha mãe não se importassem, ela gostaria de cumprir o que me havia prometido. Se eu ficasse mais uns dias, depois ela mesma me levaria até em Manhãs Azuis. Fiquei calada, entre nós não havia tido nenhum trato de passeios. Senti que a proposta pegou meu pai de surpresa. Hoje, eu entendo. A surpresa era o fato de Tia Aurora se dispor a me levar até a minha casa, depois de tantos anos, sem qualquer contato com ninguém da família. Meio atordoado, meu pai pegou o chapéu e saiu sem uma resposta sequer, não aguardou nem a manhã seguinte. E só lá debaixo, lá da rua, quando eu cheguei até à janela e chamei por ele, foi que meu pai me acenou e me abençoou, apressando os passos em seguida. Uma semana depois, ele e minha mãe retornaram dispostos a me levar. Entendi, então, a gravidade do momento. Vi que meu destino estava prestes a ser traçado à minha revelia. Não podia ser assim. A vontade tinha de ser minha. Tratava-se de ma vie, de mon avenir. Depois de muito choro de minha parte, de lamentações de minha tia, de repreendas severas de minha mãe e da voz embargada de meu pai, chegamos a um acordo. Eu ficaria. O ano já estava terminando, minhas notas eram altas na escola, um colar de dez já garantia a minha aprovação para a série seguinte. Mas voltaria para casa assim que começassem as aulas e retornaria nas férias do meio do ano. E, se quisesse continuar estudando, voltaria um dia para ficar morando com Tia Aurora, já que, em Manhãs Azuis, o estudo correspondia somente ao curso primário. Não era a solução que eu queria, mas era a possível no momento. (Ah, esqueci de dizer: meus dois irmãos menores haviam me enviado um pacote de brevidades, algumas já duras e mofadas pelo longo tempo que esperavam por mim.)

E assim a minha vida foi se fazendo. Naquelas férias mesmo, comecei a acompanhar a Tia Aurora, quando ela ia às casas dos alunos e ao Conservatório de Música dar aulas de piano, violino e arpa. Eu vivia de novidades em novidades. Tudo me encantava. A escola de música, as mansões dos pais dos alunos, a paciência, a disciplina de minha tia, que ficava horas e horas, tocando sozinha em casa. Nesses concertos íntimos, um dia, depois que eu estava morando definitivamente com ela, assisti a uma das cenas mais comoventes de minha vida. Tia Aurora tocava o violino, eu de olhos fechados, tal era o enlevo que a música me causava, quando, de repente percebi um som diferente. Abri os olhos, a musicista chorava, soluçava... Ela e o violino.

Um dia, hei de retomar essa imagem em uma pintura...

Mas como pintar a concretude da solidão de uma mulher? Como pintar a concretude da soledad humana?

Foi com a Tia Aurora que passei a entender de música e a tocar piano. Um dia descobri o som de um instrumento tradicional africano, o corá, chamado de harpa africana. Sei tocar também. Frequentei aulas de inglês, a partir de um acordo feito entre Tia Aurora e o diretor do curso. Ela ensinava ao menino harpa, sem cobrar e eu frequentava o curso da English School, sem despesa alguma.

Quanto à pintura, dois momentos marcaram a descoberta desse dom que trago em mim. Desde pequena, sempre gostei de desenhar, ora copiava a natureza, ora inventava. Das cores múltiplas, do ambiente em que nasci, trago o conhecimento. Um mundo multicor me cercava. Plantações, alterações da cor e da forma do fruto até atingir o amadurecimento, variação da cor dos animais, das aves, dos insetos, do solo... Mutações da tonalidade do céu, da intensidade do brilho das estrelas, o caleidoscópio do arco-íris, a brancura da lua e as suas formas... Mas nunca imaginei que, um dia, eu seria tomada pelo dom da aquarela, e tenho sido. A primeira pintura consciente foi no dia em que fiquei menstruada pela primeira vez. Eu tinha doze anos. Tia Aurora já tinha me explicado tudo sobre o sangue que escorre de nós mulheres de vez em vez. Eu aguardava feliz a chegada. Quando meu sangue, primeiro em gotas, depois em intensos borbulhos, jorrou de mim, fui tomada pelo prazer intenso de ser mulher e queria fazer algo que traduzisse aquele momento. Resolvi pintar, fiz algo na tela que me deixou plena de mim. A segunda vez foi quando, aos dezenove anos, amei intensamente uma pessoa, aquela com quem descobri o encanto, a sedução e a dança do sexo. Na manhã seguinte, quando eu ainda levitava de prazer e o meu corpo ainda guardava a viva sensação do corpo amado sobre meu, acordei com fugidias e suaves formas sob meus dedos. Esses dois momentos foram o meu começo, meu avant-première. Na minha íntima galeria guardo os dois.

My sister, assim segue a minha vida. Entre Manhãs Azuis, New York, Puerto Rico, Dakar, Lagos, Paris, Bombain e mais... Quadros, pintados por mim, veem ganhando destaques em mostras internacionais. Críticos de arte fazem diversos comentários sobre minhas pinturas. Conjecturam caminhos, localizam filiações e influências estéticas. Tenho afirmado que a pintura, para mim, se desenvolveu dentro de um aprendizado, longe da escola e dos grandes mestres, assim como tenho desenvolvido a minha aptidão para aprender línguas. Experimento muito, principalmente o material de pintura. Crio as minhas próprias tintas de maneira bem artesanal. Aprendi com as mulheres de minha família a extrair sumos de plantas. Cresci vendo minha mãe macerar folhas para tingir nossas roupas. Tínhamos um guarda-roupa naturalmente colorido. Aprendizado que ela herdou de minha avó, que já havia recebido esse legado de outras mulheres mais antigas ainda, desde o solo africano.

Entretanto, há uma pintura que nasce de mim inteira, a tintura também. Pinto e tinjo com o meu próprio corpo. Um prazer táctil imenso. Uso os dedos e o corpo, abdico do pincel. Tinjo em sangue. Navalhome. Valho-me como matéria-prima. Tinta do meu rosto, das minhas mãos e do meu íntimo sangue.

Do mais íntimo sangue, o menstrual. Colho de mim. Bordo com o meu sangue-útero a tela. Contemplei as mãos e o rosto da artista, percebi, então, que em sua pele negra sobressaíam vários queloides. Imaginei dores e ardências. Veja esses quadros— e sua voz me pareceu também sangrante. — São os meus melhores. São os mais de mim. E, misturando palavras e gestos, suas mãos, pele esculpida, fonte jorrante da matéria-prima de sua arte, iam me oferecendo aflitas molduras, retiradas de uma sacola de papel, que Mary Benedita trazia consigo, desde o momento em que chegara.

Mirtes Aparecida da Luz

Quando Mirtes Aparecida da Luz veio me abrir a porta, no mesmo instante em que eu dava as primeiras pancadinhas, tal foi a desenvoltura dela, que cheguei a duvidar de que a moça não enxergasse, tanto quanto eu. Com o mesmo desembaraço me apontou a cadeira, abriu a cristaleira para retirar as xícaras, coou o café e me passou os biscoitinhos caseiros, feitos por ela mesma. Só acreditei que Da Luz (a maneira pela qual ela gosta de ser chamada) não estava me enxergando do mesmo modo como eu a via, quando pediu licença para tocar o meu rosto e segurar as minhas mãos, para saber realmente com quem estava falando. E, depois de suaves toques sobre os meus cabelos, meus olhos, minha boca, e de leves tapinhas sobre as minhas mãos, concluiu que eu estava tensa. Não era ainda, portanto, a hora de começar a trocar as nossas histórias. Aceitei as considerações dela. Era verdade, eu estava muito tensa. A condição de minha interlocutora me colocava uma questão. Como contemplar os olhos dela encobertos por óculos escuros? Para mim, uma conversa, ainda mais que eu estava ali para ouvir, tinha de ser olho no olho. Para isso, o gravador ficava esquecido sobre a mesa e eu só me desvencilhava do olhar da depoente, ou deixava de olhá-la, quando tinha de virar ou colocar uma nova fita. E, nos casos em que a narradora não me contemplava, eu podia acompanhar o olhar dela, como aconteceu, quando ouvi Campo Belo, que falava comigo, mas seu olhar estava dirigido para a foto da filha. Como acompanhar o olhar de Da Luz? Como saber para onde ela estava olhando? E, talvez adivinhando as minhas dúvidas e mesmo o meu constrangimento, horas depois de me mostrar toda a casa, de me chamar para um passeio pelas redondezas, de fazer duas belas tranças nagôs em meus cabelos, do mesmo jeito que estavam penteados os dela, Da Luz me conduziu ao seu quarto. Abriu a janela, deixando um ameno sol de final de tarde entrar, e me perguntou se eu me incomodava de conversarmos ali. — Lá fora corro o risco de me distrair com tudo que me cerca. Dizendo isso, suas mãos caminharam para o meu rosto, procurando suavemente os meus olhos. E, com gestos mais delicados ainda, seus dedos tocaram minhas pálpebras, em movimentos de cima para baixo. Levei um breve instante para entender as intenções de Da Luz. Ela queria que eu fechasse os olhos. Fechei.

A voz de Da Luz soou, então, no espaço desconcertante de meus olhos fechados. — Imagine como seria um filho meu! Apreendi no ar a fala dela. Tive um desejo intenso de contemplá-la, mas me contive. Ela havia cerrado meus olhos, e abri-los seria um ato de deslealdade. Seria romper com um acordo implícito, que eu havia aceitado, sem me rebelar. A proposta para que eu imaginasse como seria um filho dela me pegou de surpresa, pois, até então, eu não havia concebido a ideia de que Da Luz pudesse ser mãe. De um corpo, cuja presença eu percebia ali no escuro de minha visão, ouvi novamente a voz de comando: — Imagine, imagine como seria uma criança vinda de mim! — Fiquei receosa de imaginar. E se a minha imaginação fosse dolorosamente falsa... E se dolorosamente fosse verdadeira... Guardei um esquivo silêncio. E, mais uma vez, a fala de Da Luz atravessou o espaço do visível nada que havia entre nós, persistindo na ideia. Entretanto, outra personagem entrou em cena. O pai da criança que ela tivera um dia. E foi pela apresentação dessa personagem que Da Luz começou a me contar a sua história:

— Talvez, meu companheiro tenha sido vítima de uma angustiante imaginação. Enquanto eu aguardava pela criança, engravidada pela alegria de estar me tornando mãe, ele não. Um confuso e angustiante sentimento de paternidade de um filho, que ele não sabia como poderia ser, estaria sendo vivido por ele. Durante os noves meses, desde o momento em que nos percebemos grávidos, ainda no primeiro mês, meu companheiro, talvez desenhasse, na amedrontada imaginação dele, uma criança que poderíamos ter. Aparentemente tranquilo, entretanto era visível a interrogação dele. Como seria a nossa criança? O que ela herdaria da mãe? Nas carícias em minha barriga, na arrumação do quarto para o nosso bebê, era possível apreender seus gestos trêmulos e seu ar temeroso. Um futuro desconhecido, que ainda não nos pertencia, fecundava de receio a espera dele por nossa criança. Em mim, nenhum temor. Várias vezes, desde o nosso namoro, eu havia explicado para ele o porquê da visão tateada em mim. Uma doença que minha mãe pegara no princípio da gravidez e daí um feto atingido, mas que se desenvolveu para a vida. Tenho, no meu corpo, a minha completude que é diferente da sua. Um corpo não é só olhos. No momento, Gaia Luz, minha filha, está de férias, foi para a casa da avó. Uma menina, ou melhor, uma mocinha que não reclama da visão diferenciada da mãe. Só um lamento, meu e de Gaia Luz. A ausência do pai que ela não conheceu. O pai que se deixou molhar pela água amniótica que de mim descia, ao me amparar nos braços, a caminho do hospital, com a menina já prestes a nascer. E, a partir daí, não sei mais o que aconteceu ao meu redor. Meus sentidos tomados, concentrados na entrega do parto, não me deixaram perceber que o pai de minha menina se retirava, nos deixando um eterno vazio. Não sei o porquê da renúncia dele em continuar conosco. Não sei e nunca saberei. Não tenho respostas, só perguntas. Será que, ao tentar adivinhar o rosto da criança que estava nascendo, uma perturbadora visão lhe turvou a coragem de continuar vivendo? O que levou meu companheiro a se matar, no momento exato dos primeiros gritos anunciadores da vida de Gaia Luz, a nossa filha? Vida e morte se conjugaram no mesmo instante. Gaia nascia e o pai dela aspirava à morte, em nossa casa, trancando-se propositalmente na cozinha invadida pelo gás aberto por ele. Morreu sem conhecer o rosto e os olhos da filha. Por quê? Por quê? Minha filha pergunta tanto quanto eu. Muito me dói, quando percebo Gaia Luz contemplando a foto do pai, que ela não conheceu, buscando descobrir, em cada traço do rosto dele, o mistério indecifrável que ele nos deixou. Dizem que ela parece muito com o pai. Concordo, embora o feitio de corpo e o tom de pele mais enegrecido deixem Gaia um pouco parecida comigo. Mas tudo em minha filha, o timbre de voz, o tom cantante da fala, a longa silhueta, o gosto pela astronomia, é para mim a memória continuada do pai na pessoa dela. E mais, muito mais, a minha filha herdou dele. Os belos olhos acastanhados escuros do pai brincam no rosto de minha filha, dizem todos, e conduzem a visão independente dela. Gaia enxerga como você.

Líbia Moirã

Líbia Moirã, das mulheres com quem conversei, foi a mais reticente em me contar algo de sua vida. Primeiro, quis saber o porquê de meu interesse em escrever histórias de mulheres e, em seguida, me sugeriu se não seria mais fácil eu inventar as minhas histórias, do que sair pelo mundo afora, provocando a fala das pessoas, para escrever tudo depois. Das provocações que Líbia Moirã me fez, respondi somente à última.

— Eu invento, Líbia, eu invento! Fale-me algo de você, me dê um mote, que eu invento uma história, como sendo a sua...

— Vale um sonho? Perguntou Líbia. E, então, a voz dela perdeu o tom provocativo e calmamente me relatou sonhos e desejos:

— Passei a minha infância perseguida por um sonho, ou melhor, por um quase pesadelo. Tudo começou, me lembro, ali por volta dos meus cinco anos. Tão angustiante era a sensação que esse sonho me causava, que havia períodos em que eu passava dias e dias sem querer dormir. Nessas ocasiões de maior temor, à noite eu fugia para o quarto de meus pais. Tinha esperança de que eles me abrigassem, pois ali dormia o meu irmãozinho caçula, de quase quatro anos. Nunca encontrava acolhida. Mamãe sem me consolar, quando acordava, me despachava do quarto e, muitas vezes, o caçulinha era banido também. Chorando tínhamos de nos contentar com a companhia de nossas irmãs maiores, que apenas debochavam de meus medos e do apego do menorzinho com o papai e com a mamãe. A certeza de meu irmão menor junto a mim apaziguava um pouco a angústia de não poder me entregar ao sono. E, quando vencida pelo cansaço, adormecia e o pesadelo me assolava. Sempre o mesmo: eu, perdida em algum lugar indefinido, sozinha e vendo alguma coisa grande, muito grande, querendo sair de um buraco muito pequeno. O movimento dessa coisa grande rompendo o buraco pequeno era externo a mim, mas me causava uma profunda sensação de dor. Acordava aos gritos, em pranto, minhas irmãs nem se assustavam mais, apenas se sentiam incomodadas pelo sono partido a que estavam submetidas pelos meus gritos. Das mulheres mais velhas da família, vieram os conselhos, remédios, benzeções, julgamentos, diagnósticos... E também a interdição de passar as férias, ou uma noite pelo menos, na casa de meus avós, de minhas tias ou de qualquer parente. Como suportar uma menina que acorda berrando à noite, perturbando com seu constante e atormentado sonho todos os que estão por perto? De minhas irmãs e outras crianças, vários apelidos e comentários jocosos. Um dia, eu já estava com os meus dez anos, inventaram uma história de que eu não ia morrer nunca, pois as pessoas, quando estavam para morrer, dormiam e acordavam mortas. Isto porque quase uma dezena de pessoas de nossa família tinha morrido à noite. Um tormento se juntou aos meus dias tão agoniados. Fiquei a me imaginar velha, muito velha, a pessoa mais velha do mundo, fraquinha, sem aguentar trabalhar e tendo de suportar a vida. E tudo se confundiu nos meus sofrimentos. Eu, sozinha, perdida no sonho, vendo algo muito grande a sair de um buraco muito pequeno e eu sozinha, perdida no mundo, a única vivente que não morreria. Foi então que, com essa pouca idade, decidi me matar. Busquei várias formas de acabar com a minha vida. A primeira foi me lançando nas correntezas das águas de um pequeno rio que banhava as terras em que nasci. Esperei pacientemente, durante meses a época de chuvas, em que o leito das águas ganhava uma profundeza perigosa e me lancei contra a corrente. Nada aconteceu, ou melhor, tudo aconteceu. Mal as águas começaram a me arrastar, não sei como, fui empurrada para junto de uns galhos de árvores que estavam atravessados no percurso da correnteza. Ali fiquei emaranhada, com o meu vestido agarrado aos ramos, sem conseguir me desvencilhar da árvore da vida. Não muito tempo depois, os de minha casa, meus pais e dois agregados deram pela minha falta e saíram à minha procura. Nunca me perguntaram como eu tinha ido parar ali, mas me salvaram da morte que tanto eu queria. E, novamente, fui protegida pela vida, quando, mais ou menos um ano depois, resolvi ingerir qualquer veneno. Eu sabia que, no armário lá de fora, na casinha onde ficavam guardadas as ferramentas dos homens cultivarem a terra, havia algumas caixas de pesticida. Era lá também que ficava a soda cáustica, que eu sabia ser algo mortífero, pois uma caveira aparecia desenhada na lata, mas desconhecia o uso que era feito desse produto. Pouca importância tinha, eu só queria morrer à força, à minha força, embora naquele momento já não acreditasse mais que a morte só visitasse os que estivessem dormindo. Entretanto, o êxito de um extermínio de mim contra mim, novamente, me escapou. Era um domingo de manhã; festejávamos a santa, protetora de nós, negros, a Senhora do Rosário; demorando em me aprontar para a missa, deixei meus pais se encaminharem para a capela, com minhas irmãs e irmão menor, dizendo que iria depois com os meus tios. E, aproveitando a distância dos agregados, que, guardando o dia santificado, não apareciam em nossa casa, me pus a vasculhar as chaves de tal quartinho. Tendo conseguido abrir a porta, facilmente localizei a soda cáustica na última prateleira, numa altura quase a beirar o telhado. Subi na única escada de madeira que havia ali. Meus braços não alcançaram nem a metade da distância que me separava de meu desejado fim. Tomada de um ódio, decidi derrubar a lata e, decepcionada com a dificuldade que se apresentava naquele momento, mais e mais desejei a morte. Sim, eu haveria de morrer, haveria... E, quando mal saí do quartinho à procura de algo, de um pedaço qualquer de pau, de um cabo de vassoura, talvez, que me servisse para cutucar a lata, escutei a voz de meu pai que se aproximava. Ouvi, também, quando ele, falando sozinho, perguntava quem teria esquecido de trancar a porta do quartinho. Meu pai voltara para me buscar, aflito com a minha demora. Tive tanta raiva, que esconjurei a proteção da santa. Só anos depois fiz as pazes com ela e com a vida. E nunca mais, apesar das várias tentativas, consegui localizar as chaves que poderiam ser a minha salvação. Enquanto isso, o doloroso sonho a me perseguir sempre e mais. A terceira tentativa de acabar comigo mesma foi muito tempo depois, eu já tinha vinte três anos, estava mais ou menos feliz, concluía meu curso superior, na área de economia e acabara de ser contratada por uma grande empresa, depois de um proveitoso estágio. Uma noite, depois de uma festa de despedida com os colegas de faculdade em um sítio, devido à distância que nos separava da cidade, foi preciso pernoitar ali. Entrei em pânico, já havia bebido um pouco e estava caindo de sono. Adormeci para acordar logo depois aos gritos e chorando. Passados os primeiros minutos de susto de meus colegas e dos donos da casa, o episódio se tornou deboche. E, na semana seguinte, eu era vítima de cruel zombaria tanto na ambiência da faculdade quanto na de meu trabalho. A ideia de suicídio voltou e dessa vez, quase fui vitoriosa no meu intento. Um carro me lançou a grande distância, me quebrei toda, fiquei um ano e meio presa em cima de uma cama. Pior, pois a qualquer momento que eu dormisse, de dia ou à noite, sempre o nefasto sonho me visitava: eu perdida em algum lugar indefinido, sozinha e vendo alguma coisa grande, muito grande querendo sair de um buraco muito pequeno. O movimento dessa coisa grande rompendo o buraco pequeno era externo a mim, mas me causava uma profunda sensação de dor.

E, assim, vinha seguindo a minha vida, sempre atormentada por essa imagem. Fui assediada, tive namorados, recusei construir uma vida íntima duradoura, com vergonha de ter de dividir as minhas dolorosas noites com alguém. Com o passar do tempo, com as mais diversas terapias, análise, hipnose, ioga e exercícios de relaxamento, tive uma ínfima melhora. Os sonhos me acometiam sempre, a sensação de dor física também, mas não mais os chorosos gritos. Até que um acontecimento inesperado deu sentido a esses sonhos; foi na festa de comemoração dos cinquenta anos de meu irmão mais novo, o caçulinha dos quatro filhos. Lamentamos a ausência de nossos pais que já estavam mortos, decidimos, entretanto, festejar a vida.

Comemoramos os cinquenta anos do caçulinha, como uma celebração da vitalidade dele, readquirida depois de uma grave doença aos trinta e nove anos.

Desde aquela época, eu com os quarenta anos e uns poucos meses, parei de desejar a morte. A garra com que meu irmão lutou pela vida me envergonhou. A festa dos cinquenta dele nos proporcionou a oportunidade de exaltarmos a vida que teima em cada um de nós. Recordações de nossas infâncias foram chamadas à tona. E houve um momento particularmente meu; foi logo depois que ele soprou a vela e cortou o primeiro pedaço de bolo. Significativamente, o primeiro oferecimento foi para a mulher dele, que, ao receber ofereceu à filha, a única do casal, que, me tendo como tia preferida, por sua vez, ofereceu a mim. Quando me vi com o pedaço de bolo nas mãos, eu, que nunca pensei na maternidade, desejei ter um filho. Seria a ele que eu ofertaria o primeiro pedaço de bolo, sempre. A imagem desse filho, pela primeira vez desejado em minha vida, se confundiu com o rosto de meu irmão caçula. E, ao me voltar para ele, no momento exato em que lhe entregava o bolo, que havia saído das mãos dele e retornava para ele, vi e compreendi tudo. Na celebração dos cinquenta anos dele, recuperei visões do profundo de minhas lembranças, minha tia presente confirmou a história. Uma volta no tempo me permitia significar um sofrimento que eu vinha carregando a vida inteira. Eu tinha visto o meu irmãozinho nascer. Pequena, de pé, agarrada ao berço, no qual eu dormia, no quarto de meus pais, assisti a todo o trabalho de parto de minha mãe. O neném estava nascendo antes do tempo. Os grandes, devido à gravidade do momento, se esqueceram de minha presença. Minha mãe sangrava e gritava. Eu, abandonada por todos no berço, perdida em algum lugar indefinido, sozinha e vendo alguma coisa grande, muito grande, querendo sair de um buraco muito pequeno. O movimento dessa coisa grande rompendo o buraco pequeno era externo a mim, mas me causava uma profunda sensação de dor.

Lia Gabriel

Enquanto Lia Gabriel me narrava a história dela, a lembrança de Aramides Florença se intrometeu entre nós duas. Não só a de Aramides, mas as de várias outras mulheres que se confundiram em minha mente. Por breves instantes, me veio também a imagem da Mater Dolorosa e do filho de Deus pregado na cruz, ficções bíblicas, a significar a fé de muitos. Outras deusas, mulheres salvadoras, procurando se desvencilhar da cruz, avultaram em minha memória. Aramides, Líbia, Shirley, Isaltina, Da Luz, e mais outras que desfiavam as contas de um infinito rosário de dor. E, depois, elas mesmas, a partir de seus corpos mulheres, concebem a sua própria ressureição e persistem vivendo.

Tenho vivido muito sozinha — foram essas as primeiras palavras de Lia Gabriel — há muito tempo tenho tido desejos de falar para alguém esse episódio de minha vida. Boa hora a de sua chegada, eis um pouco de minha história e da de meus filhos:

Tamanha foi a dor, quando o pediatra me disse, antes de qualquer exame mais detalhado, que o mais novo dos meus três filhos, com quatro anos apenas, poderia não estar fazendo só birras, mas caminhando para um estado de surto. Sem qualquer rodeio, fui informada pelo médico de que Máximo Gabriel provavelmente era esquizofrênico. E, embora eu tenha entendido o significado da palavra, perguntei atordoada. — Esquizofrênico? Como? Por quê? — Doutor Fialho, talvez apostando na minha ignorância, quanto ao significado do termo, me olhou, dizendo pausadamente: — Mãe, seu filho parece sofrer de esquizofrenia, isto é: é louco, doido! — Eu sabia o que significava o termo esquizofrenia, sabia da ameaça que pairava não só sobre Máximo, mas sobre todos nós, toda a família. E se a fala do médico fosse verdade, como eu cuidaria de meu filho? Com certeza, ele seria tirado de mim. Já tinha ouvido falar de pessoas com doenças mentais. Na minha infância, eu conhecera uma mulher tida e chamada de louca. Francisquita tinha mesmo um comportamento diferente. Gritava por nada, cantava e ria por tudo, não tinha nenhum hábito higiênico, seu corpo de longe exalava sujeira. Sua família era uma das mais abastadas do bairro, mas não socorria a moça, não buscava nenhum tratamento para ela. Um dia Francisquita sumiu e nunca mais foi vista pelas redondezas. Disseram, então, que ela tinha tido uma crise e agredira uma de suas tias, quase até à morte. Devido a isso, a família mandou interná-la em um manicômio, de onde nunca mais saiu. Diante da abrutalhada fala do médico, eu só pensava em Francisquita. Meu filho ficaria igual a ela? E se ele resolvesse me agredir um dia? E se ele atacasse as irmãs? Um menino louco se transforma em um adulto louco? Um menino é uma força dominável, um adulto não... A partir desse dia, começou a minha peregrinação com Máximo Gabriel. De hospital a hospital, vários exames, muitas suspeitas e muitos remédios. Em casa, o menino continuava com as birras, com as cismas, com as visões de monstros atrás dele. Ora Gabriel era de uma doçura de criança feliz, ora de uma agressividade; porém, sempre contra ele mesmo. Jogava-se no chão, às vezes repentinamente, por nada ou por algum desejo contrariado. Nesses momentos de raiva incontida, batia com a cabeça na parede, arrancava os próprios cabelos, puxava os lábios, o nariz, as orelhas, mordia a si próprio, se autoflagelando. Nem eu, nem as irmãs conseguíamos apaziguá-lo. As meninas, minhas gêmeas, eram somente um ano e meio mais velhas do que ele. Na impotência por não conseguir abrandar os sofrimentos do irmãozinho, elas choravam também infelizes. Elas e eu. Insubmissas lágrimas.

— Do pai, com certeza, você deve estar me perguntando sem perguntar. — Nesse momento de nossa conversa, Lia Gabriel se levantou, foi até a janela e lá ficou por uns instantes. — Naquele tempo — continuou ela — o pai já tinha ido embora, havia quase dois anos. Saíra de casa, depois de uma briga, em que, para me proteger, peguei as crianças e fui para a casa de minha mãe, cuidar de nossas feridas do corpo e da alma. Quando retornei com as crianças, todos os compartimentos estavam vazios. Nem uma cama ele deixou. Por vingança havia levado tudo, inclusive as nossas roupas. Forrei o chão com as poucas que nos restaram, as que eu tinha levado, e passamos a noite. Uma opressiva lembrança da imagem dele circulava pelos vazios dos cômodos, enquanto uma sensação de nudez me perseguia e eu sabia o porquê. Naquela noite, aconcheguei as crianças no meu colo, até que elas adormecessem. As meninas dormiram um conturbado sono. E, quando uma delas se agitava em sonhos, a outra instantaneamente repetia o gesto efetuado pela primeira, como se fosse uma resposta ao aceno da irmã. Gabriel teve febre e gemeu durante toda a noite. A todo momento, seus braços, com as mãozinhas em punho, tinham movimentos como se estivessem esbofeteando o espaço. Na época dessa vazia noite, Madá e Lená tinham três anos e meio, enquanto Máximo Gabriel ia completar dois. E foi nessa ocasião que tomei, sozinha, a diretriz de minha vida. Deixei a escola em que trabalhava pelas manhãs, como professora de matemática, e passei a dar aulas particulares em casa. De dia, tinha uma boa clientela, crianças e jovens. De noite, adultos que estavam se preparando para algum concurso. Trabalhar em casa foi a solução encontrada, e eu não tinha como pagar uma auxiliar para me ajudar a cuidar das crianças. Entretanto, o mais difícil foi na época em que recebi o diagnóstico de Gabriel e quando as crises dele se tornaram mais frequentes. Perdi, inclusive, muitos alunos, pois tive de iniciar o tratamento do menino. Muitas vezes levava os três, quando não encontrava ninguém que pudesse ficar com as meninas. Nas horas vagas, isto é, na solidão da madrugada, comecei a fazer pequenos consertos em aparelhos domésticos e, hoje, sou a única mulher que tem uma oficina eletrônica na cidade. Desde menina, eu tinha certo pendor para montagens de rádio, televisão, etc. Transformei essa habilidade em profissão. Durante muito tempo, enquanto as crianças eram pequenas, sobrevivemos das aulas que eu dava em casa, e do dinheiro da loja "Tudo tem conserto". E tem. Consertei a minha vida, cuja mola estava enferrujando. Eu mesma imprimi novos movimentos aos meus dias. Fiz por mim e pelas crianças. As gêmeas foram crescendo bem em tudo. Aos dez anos eram já mocinhas, no porte e na assunção da vida. Dividíamos tudo: os afazeres de casa, a preocupação e o cuidado com Máximo Gabriel, a alegria pela serenidade que ele tinha meses e meses a fio, a tristeza e mesmo o receio que sentíamos, quando percebíamos que a crise estava se aproximando. Primeiro, ele caía em um mutismo profundo, depois vinha a inquietação, com o andar para lá e para cá, para culminar com o autoflagelo, o choro desesperado, a agressão verbal a um inimigo invisível. Nunca nos atacou e, quando tudo passava, parecia que ele se sentia envergonhado, arrependido. Gabriel era, outra vez, o menino seda, o menino veludo, carinhoso, a nos sorrir e a nos tocar suavemente. O menino entretido com os seus materiais de desenhos a nos desenhar, com uma perfeição tal, como se os riscos dele no papel fossem as nossas reais fotografias. E assim seguia a nossa vida entre calmarias e tormentas. Do pai, nenhum comentário. Nem a lembrança de um morto era, pois para os mortos celebram-se missas, acendem-se velas, deitam bebidas em oblação. Era como se o pai nunca houvesse existido. Não só para as crianças, a figura paterna tinha caído na deslembrança também para mim. Até que, certa vez, durante uma crise que estava perdurando dias e dias, foi aconselhada a internação para ele. Eu não quis acreditar no que me estava sendo dito.

O psiquiatra tentava me convencer de que manter Máximo Gabriel em casa estava se tornando perigoso, ele estava, então, com quinze anos e, nesses momentos, a sua força aumentava. Eu e as meninas não conseguiríamos controlá-lo caso ele nos estranhasse. Entretanto, o meu receio, naquele momento, não era mais aquele. Eu já tinha a certeza absoluta de que o meu filho nunca investiria contra nós. O meu temor era que ele se machucasse mortalmente, tal era a fúria dele contra ele mesmo. Nesses períodos, facas, fósforos, tesouras, tudo ficava escondido. E, na única internação que Gabriel sofreu, a sorte nos conduziu a uma nova profissional, a doutora Celeste Rosas. Ela repetiu com a família a conduta que todos os outros profissionais que vinham cuidando do menino tinham tido até então. Pediu uma entrevista, primeiro comigo, depois com as meninas. Tal não foi meu susto. Ela insistiu na necessidade de afastar Gabriel de mim, não só durante uns dias, mas alguns meses. Tal medida faria parte do tratamento. Ele precisava ficar longe de mim e das irmãs para explicitar uma raiva contida que havia dentro dele. E, de observações a observações, de perguntas a perguntas, surgiu, então, o nome do pai. O maldito nome do pai, o nome da má hora trouxe, então, a lembrança da tormenta que ele um dia infligiu a mim e às crianças, quando Madá e Lená tinham três anos e Máximo Gabriel ia completar dois anos. Era uma tarde de domingo, eu estava com as crianças assentadas no chão da sala, fazendo uns joguinhos de armar, quando ele entrou pisando grosso e perguntando pelo almoço. Assentada eu continuei e respondi que o prato dele estava no micro-ondas, era só ele ligar. Passado uns instantes, ele, o cão raivoso, retornou à sala, avançou sobre mim, arrastando-me para a área de trabalho. Lá, abriu a torneira do tanque e, tampando a minha boca, enfiou minha cabeça debaixo d'água, enquanto me dava fortes joelhadas por trás. Não era a primeira vez que ele me agredia. As crianças choravam aturdidas.

Eu só escutava os gritos e imaginava o temor delas. Em seguida, ele me jogou no quartinho de empregada e, com o cinto na mão, ordenou que eu tirasse a roupa, me chicoteando várias vezes. Eu não emiti um só grito, não podia assustar mais as crianças, que já estavam apavoradas. O que mais me doía era o choro desamparado delas. Depois, ele voltou à sala e me trouxe o meu menino, já nu, arremessando a criança contra mim. Aparei meu filho em meus braços, que já sangravam. Começou, então, nova sessão de torturas. Ele me chicoteando e eu com Gabriel no colo. E, quando uma das chicotadas pegou o corpo do menino, eu só tive tempo de me envergar sobre meu filho e oferecer as minhas costas e as minhas nádegas nuas ao homem que me torturava. Meu menino chorava-chorava. Foi tanto o sofrimento, que não sei calcular quanto tempo durou, se segundos ou horas. Lá fora, Madá e Lená gritavam por mim. Em um instante qualquer, quase desmaiada, senti a chegada das gêmeas. Na semiescuridão do quarto, apalpei as minhas meninas e percebi que elas estavam vestidas intactas. Não sei se foram levadas ou se foram sozinhas. Na casa, só silêncio. As meninas ainda chorando diziam que o papai tinha saído e batiam a porta do quarto de serviço indicando o gesto que ele havia feito. Criei coragem, limpei o sangue que ainda me escorria dos braços, sentindo a ardência dos lanhos das costas e por todo o corpo, juntei rapidamente umas poucas roupas minhas e das crianças e busquei a casa de minha mãe. Fui recebida por ela com carinho e com conselhos. Eu poderia ficar por uns dias, mas o mais certo seria eu voltar e conversar com o meu marido, para chegarmos a um entendimento; era preciso pensar nas crianças. Sim, eu ia fazer isso. Ia conversar com ele. Sabia que não seria fácil, mas o ódio que eu estava sentindo me fortalecia. Não foi preciso, porém; covardemente ele não esperou o meu retorno.

E, quando acabei de relatar esse episódio para a doutora Celeste Rosa, ela me revelou que a nossa conversa tinha sido fundamental para o encaminhamento do tratamento do meu filho. Ela escutara Máximo Gabriel, em um dia de suas crises, entre socos e pontapés contra o monstro que o perseguia, dizer que queria matar o pai. A fala da médica me trouxe um misto de sentimentos. Culpa, vergonha, remorsos por ter escolhido tal homem para ser pai de meus filhos. Também esperanças de que Máximo Gabriel possa vencer a imagem do monstro, que se desenhou na mente dele, quando ele tinha apenas dois anos.

Rose Dusreis

Quando vi Rose Dusreis, pela primeira vez, de longe, a bailar no salão do clube da cidade, pensei se tratar de uma menina. Ao me aproximar dela, vi, diante de mim, uma mulher de porte pequeno a aparentar uma extrema fragilidade. O que chamou a minha atenção e aguçou a minha curiosidade, em relação a ela, foi o fato de que dentre tantas mulheres no baile, várias delas desacompanhadas, inclusive eu, muitas sobravam à espera de algum convite para dançar, menos Rose Dusreis. Ela era a mais solicitada. Fiquei seduzida pelo encantamento que Rose provocava nos homens, dos mais jovens aos mais velhos. E, quase esquecida da música e da dança, passei grande parte do tempo observando a delicada bailarina rodopiando nos braços dos parceiros. Pensei comigo: -Preciso conhecer a história dessa mulher, antes que eu invente alguma. E, como a única pessoa do baile que eu conhecia tinha ido embora, logo nos momentos iniciais da festa, decidi ir sozinha falar com a dançante-mor da noite. Ao ouvir a sua voz, quase um fio de som, respondendo aos meus cumprimentos por dançar tão bem, não fosse a vitalidade demonstrada por ela, durante todo o decorrer da noite, eu pensaria em Rose Dusreis como alguém cuja saúde comprometida causasse um enorme sofrimento. Nada em Rose, o minguado talhe, o rosto com expressividade de boa menina, a voz esfiapada e lenta, indicava o vigor que ela possuía. E nem deixava transparecer os desafios enfrentados e vencidos por ela. Dusreis, bailarina, dançarina, desconhecendo a minha incompetência para a dança e para música, logo se anunciou como professora dessas duas artes e me convidou para tomar aulas, caso eu quisesse. Ela era professora de balé clássico, de dança moderna, de balé afro, de jazz, de sapateado e de dança de salão. A sua academia ficava a uma quadra de distância do clube e era a mais procurada da cidade. De bom grado, aceitei o convite, meu intuito era outro. Naquele momento era impossível dizer para Rose que, em matéria de ritmo, sou um declarado fracasso e saí imaginando que aquela mulher deveria ter uma emocionante história para contar. Não me enganei.

Rose Dusreis me recebeu em sua academia de braços abertos. Literalmente de braços abertos. Fui anunciada por outra mulher na porta do salão de danças e, quando entrei em uma sala toda espelhada, vi a imagem triplicada de Rose. A pequena mulher aparecia nas paredes laterais, na central, ao mesmo tempo que me sorria frente a frente. Ela e as imagens dela faziam-me um delicado gesto convidativo para dançar. Veio, então, o profundo sentimento de desconforto, que me acomete nessas ocasiões. Tenho sempre o temor de me desiquilibrar nos braços de quem me arrasta para a dança. Não tive, entretanto, tempo de me recusar. Alguém pegou a minha bolsa, deixando minhas mãos livres. Uma música vinha do fundo da sala, uma suave e viva canção, algo como vozes de mulheres vocalizando. Pensei em lamentos de blues entoados pelas negras americanas. Nina Simone, talvez. E, a partir daí, me senti nos pequenos braços de Rose Dusreis. Ela me conduzia à dança e me pedia que relaxasse o corpo, que me entregasse à música, que fechasse os olhos, caso fosse capaz. Sim, eu conseguia fechar os olhos para me sentir inteira e então poder sentir a outra pessoa que estivesse comigo. Mirtes Aparecida da Luz havia cerrado meus olhos no momento em que me contara sua história. E com aquele gesto Da Luz havia me proporcionado a redescoberta de que os olhos sozinhos não veem tudo. Cerramos os olhos no beijo e no gozo. Fechei os olhos para dançar primeiramente comigo e, então, consegui me entregar aos firmes passos de Rose Dusreis. E, como a Da Luz, que só me contou a história depois que me preparou os sentidos para além da visão e da simples escuta, Rose, ao me convocar para a dança, me iniciava na coreografia dos dias dela até então. São esses os harmônicos passos da vida de Rose dos Reis:

— Eu nasci com o pendor da dança, embora para a minha família, isso não significasse nada — me disse Rose

Dusreis — quando, já assentadas no chão, depois da nossa dança iniciática, as nossas imagens, refletidas nos espelhos que nos circundavam, pareciam nos contemplar. Dançar não nos oferecia nenhum sustento para a sobrevivência. — continuou ela — não comemos dança, dizia minha mãe, toda vez que eu chegava da escola, encantada com o ensaio de balé a que eu assistia lá. As alunas da professora Atília Bessa, meninas vestidas com roupas de balé, rodopiavam no ar e se equilibravam nas pontas dos pés. Às vezes, dependendo do humor da professora, ao público, sempre feminino era permitida a assistência do ensaio. Tudo acontecia no salão da escola pública da minha cidade, em que eu e minhas irmãs estudávamos, mas o curso era particular, e nenhuma de nós ou de minhas colegas pobres tinham acesso ao grupo. Atília Bessa era nossa professora de música, isto é, no horário escolar. No final da tarde, ao término das aulas, ela ensinava balé e dirigia o famoso corpo de dança de meninas na cidade. E entre um acorde e outro de piano, ela se levantava do lugar, endireitava o corpo de qualquer aluna que estivesse fugindo à postura ereta ou tivesse se enganado em qualquer passo. Durante as aulas de música para crianças, no geral, essa professora era temida por sua severidade. Ai de quem desafinasse ou se distraísse por qualquer motivo durante os ensaios do coro; entretanto nas aulas de balé, dadas fora do horário escolar, para um grupo específico de meninas,

Atília Bessa era só gentileza, só candura. Tanta doçura na voz e nos gestos, que em dois dias de ensaio me aventurei a pedir-lhe para também fazer parte do grupo de balé, mas disse-lhe que minha mãe não poderia pagar as aulas, entretanto poderia lavar as roupas dela de graça. E, orgulhosamente, afirmei a grandeza profissional de minha mãe, que eu amava e admirava tanto. Anos depois, a cada dificuldade enfrentada para me profissionalizar, eu me relembrava da resposta que me foi dada naquele momento. Ternamente, Atília Bessa pousou a mão em minha cabeça e me disse que o meu tipo físico não era propício para o balé. Eu tinha oito anos somente. Só com o passar do tempo, pude entender o que foi dito naquela fala. Outro episódio, ainda no período dos meus primeiros anos escolares, haveria de me ajudar a construir minha atração pelo balé e a certeza de que, um dia, eu seria uma profissional da dança. Anunciava-se na escola a festinha para o final do ano. Haveria apresentações de dança, de canto, teatro, jogral, competição de futebol e de vôlei, jogos de sabatinas em torno de nomes representativos da história do Brasil, etc., etc. Em meio a tudo, só uma atividade me interessava: a de dança. Eu queria dançar, eu queria dançar... Uma das professoras organizadoras da festa final me chamou e me perguntou se eu queria encarnar o papel de uma bonequinha preta que cantava e dançava. Dançando, representaria uma personagem de uma história infantil, muito conhecida na época. Feliz, já naquele momento, encarnei o meu papel. Eu era eu mesma, a bonequinha preta. Os ensaios eram feitos no pátio da escola, depois da aula. Ganhei a assistência do público irrequieto que deixou de assistir às aulas de balé da professora Atília Lessa, para me aplaudir desde os ensaios. Confiantemente eu dava os primeiros passos de exibição para uma plateia. Um dia, a própria professora Atília Bessa veio assistir aos ensaios, que estavam sob o encargo de outra professora, e elogiou o meu desempenho, dizendo que eu tinha muito jeito para dança. Esperançosa, aguardei que ela me convidasse para ser sua aluna no balé. Aguardei não só o convite dela, mas a oportunidade de ser a bonequinha negra. E ainda esperei, também, alguma explicação sobre as razões da troca por outra menina. Aguardei o porquê da minha substituição, já na semana da festa, quando uma menina branca, pintada de preto, no meu lugar, fingiu ser a bonequinha negra que eu era. Mas nem as dores, as violências sofridas nessa época de infância, cuja compreensão me fugia, tiveram a força de me fazer desistir. A cada dificuldade que me era apresentada, a minha determinação crescia, apesar de... E, se Atília Bessa não me aceitou, outros caminhos se abriram em minha direção.

Aos nove anos, meu pai morreu e minha mãe ficou sozinha para cuidar de suas cinco filhas, que tinham a idade de onze a três anos. Foi um dos momentos mais dolorosos que já vivi. Tínhamos uma vida pobre, em que o salário dele, como pedreiro, era completado pelo trabalho de minha mãe, exímia lavadeira. Dela, também, o cuidado da terra, a horta no fundo da casa e a criação de galinhas. Com a morte de meu pai, só restou o trabalho de minha mãe, cujo ganho tornou-se insuficiente. Uma das patroas dela sugeriu que nós, meninas, poderíamos ser repartidas, a começar por minha irmã mais velha, aos onze anos ela poderia trabalhar de babá. Tenho nítida na lembrança a imagem de minha irmã indo com essa moça. Mamãe e nós todas chorávamos copiosamente, mesmo com a promessa de que de tempos em tempos, Adiná viria em casa nos visitar. Foi ainda naquele tempo que descobri que a saudade é também uma dor física. De noite, a ausência do corpo de minha irmã, que dormia comigo na mesma cama, deixava um vazio sobre o nosso magro colchão de capim, que doía em mim toda, confundindo com uma sensação de frio. Meses depois, seria eu a desgarrada da família. Quem me levaria, sob a responsabilidade da paróquia local, seria uma congregação de religiosas católicas; elas eram fundadoras de uma rede de colégio comprometida com a educação de meninas de famílias abastadas. Toda a dor em mim naquele momento se confundiu. A morte de meu pai, a partida forçada de minha irmã, a minha ida já programada para o colégio, a falta que a minha mãe me fazia. Em casa, ficariam sozinhas, sob a precária ajuda dos vizinhos, duas meninas, uma de sete e outra de cinco anos, Penha e Fátima. Mamãe, enquanto isso, com a menor de três anos, todos os dias madrugava e ganhava a cidade, onde trabalhava na casa da família Fontes dos Reis Menezes, os parentes ricos e longínquos de meu pai. Nó familiar inaugurado no tempo em que os homens da casa-grande eram donos dos corpos das mulheres, dos homens e das crianças da senzala. Meu bisavô paterno era filho do Coronel Fontes dos Reis Menezes com Filomena, a escrava de dentro de casa, a mãe preta dos filhos dele. Foi essa a origem do meu sobrenome, que, ao ser dito como Dusreis, nos originalizou e nos apartou daqueles, os Reis de Menezes, que não nos reconheciam nem como parentes distantes. Então, minha mãe, trabalhava para eles, levando a pequenininha, Nininha, no colo. Minha irmã mais velha, Adiná, cuidando de crianças na casa de outros ricos. Penha e Fátima, pequenas, mas já em casa, sozinhas. E eu sendo entregue às irmãs da congregação "Amadas do Calvário de Jesus". Fui entre lágrimas, minhas, de mamãe e de minhas irmãs que estavam em casa. Com Adiná, nem uma despedida foi possível. Entretanto, toda a minha dor ganhava um lenitivo. Minha mãe, entre lágrimas, me havia dito que no colégio em que eu ia morar tinha aulas de canto e dança. E fui, apesar de... apesar de trabalhar intensamente. Acordava cedo, junto com outras meninas tão pobres quanto eu, para ajudarmos no preparo do café das meninas ricas. Aprendi todos os afazeres de uma casa, cozinhar, lavar, passar, arrumar. Descobri, com o tempo, que as irmãs vindas de famílias pobres eram as operárias, as domésticas, as agricultoras, enfim, as trabalhadoras exploradas da instituição, e nós, as meninas sem posse alguma, éramos as suas auxiliares. Mas foi com professores religiosos e leigos, sob os cuidados das irmãs "Amadas do Calvário de Jesus", que tive uma educação, como se fosse uma jovem rica da época. Canto e balé clássico fazem parte de meu currículo. Ali estudei até os meus dezessete anos, quando tive de deixar as irmãs e voltar à casa materna. O meu regresso à casa materna foi por pouco tempo, pois o mundo me chamava para a dança, ou melhor, eu chamava, eu pedia ao mundo que me desse dança, e a vida me atendeu. Uma carta de apresentação de uma das professoras de dança do colégio em que eu tinha vivido, até então, me abriu portas. Cursei vários estilos de dança fora do meu estado e, depois, fora do país. Aos poucos, fui me profissionalizando e tive a oportunidade de fazer parte de grupos nacionais e estrangeiros, mas, na maioria das vezes, eu era uma das poucas, se não a única bailarina negra do grupo. E assim a vida ia seguindo, eu feliz. De quando em quando, nos reuníamos em família. Minha mãe, nosso ponto de esteio, nossa âncora, continua. Algumas vezes, quando eu ainda me apresentava em cidades brasileiras, o que eu ganhava em cachê era gasto antecipadamente em passagens para que ela pudesse ir me assistir. E todas as vezes que eu volto à nossa casa, na varanda é improvisado um pequeno palco, onde eu me exibo para a família e amigos vizinhos. Mamãe se emociona sempre, é como se ela estivesse me assistindo pela primeira, ou talvez pela última vez, não sei... De minhas irmãs, a recordação mais profunda do pouco tempo que estivemos juntas na infância é a lembrança dolorida de nossa separação. Adiná, a mais velha, de tanto lidar com criança, como babá, aos poucos, em escolas noturnas, conquistou o diploma de professora. Penha e Fátima, as que ficavam sozinhas em casa, aprenderam a cozinhar cedo e a gerenciar uma casa. Juntas, depois de experimentarem também o trabalho doméstico em casas de família, já casadas e com filhos, com umas poucas economias abriram uma pequena pensão. Hoje, o modesto hotel "Rosas Mil", o único da cidade, pertence às duas. E a menorzinha, a Nininha, parece que a minha mãe adivinhou a curta existência que a minha irmã teria; nunca se desgarrou dela. Nas vésperas dos vinte e um anos, Nininha se foi. Uma anemia repentina se instalou em seu sangue, a mesma que recentemente passou a rondar o meu. Brinco que o meu sangue está se descolorindo, de vermelho tinto vai se embranquecendo. Uma fraqueza vai me tomando na mesma proporção que a dança me plenifica mais e mais de prazer. Já me perguntaram se eu sofro. Digo que depende da hora. Neste exato momento, sim. Falar me cansa, andar me cansa, dormir me cansa, quase tudo me cansa... Dizem que algumas pessoas escrevem para não morrer, outras pintam, algumas representam, e há também as que cantam, as que tocam instrumentos, as que bordam... Eu danço.

E quando eu ainda estava inteira na escuta de Rose Dusreis, assentada diante dela, vislumbrando as nossas imagens nos espelhos a nos contemplar, eis que ela se levanta e, graciosamente, se encaminha em direção ao som. Tudo nela era dança. Depois com um leve e cadenciado passo, me convidou novamente para acompanhá-la. Não, eu não queria e disse a ela que o meu desejo era outro. Eu queria vê-la dançando. A bailarina já não mais me escutava. Rose Dusreis se entregava ao balé da vida, numa coreografia moderna, que ela mesma havia criado, a partir de uma dança tradicional de uns dos povos africanos, a que ela havia assistido um dia na região de Kendiá, em uma viagem, como integrante do corpo oficial do balé de sua cidade natal, Rios Fundos; a aprendizagem de Dusreis foi além da dança. Ali ela apreendera o bailado da existência. Dança que os kendianos, em determinados momentos, realizam como celebração da vida, que se inaugura e que em um dia qualquer se esvai, como dádiva de uma força maior. Força que rege a vida dos homens, dos animais, das plantas, de tudo que existe.

Força que está guardada em nosso corpo, a sua versão visível e que não finda, mesmo quando esse corpo tomba, como se fosse a mais tenra penugem das asas de um frágil pássaro bebê, flutuando no ar. Essa força não finda, havia me garantido a bailarina, antes de se levantar para a sua dança final. Não finda! Pois o que se apresenta como revelação aos nossos olhos, aos nossos ouvidos, guarda insondáveis camadas do não visto e do não dito e eu digo do não escrito. Entretanto, signos de presença subsistem na aparente ausência daqueles que partiram de nós, como Rose Dusreis, naquele dia, enquanto dançava a plenitude de sua história final. E seus passos vida-morte-vida ficaram desenhados nos olhos de minhas lembranças.

Saura Benevides Amarantino

Saura Benevides Amarantino, sem rodeio algum, começou logo me contando a história. De seus ouvidos, moça — me disse ela — faço o meu confessionário, mas não exijo segredo. Pode escrever e me apontar na rua, como personagem de uma história antes minha e, agora, também sua. Pouco me importa se me reconhecerem. Todos gritam ou sussurram algo a meu respeito. Sobre o que falam de mim, nunca afirmei que sim, mas nunca neguei também. Dizem que do amor de mãe nada sei. Engano de todos. Do amor de mãe, sei. Sei não só da acolhida de filhos, de que uma mãe é capaz, mas também do desprezo que ela pode oferecer. Confesso. Dos três filhos que tive, duas meninas e um menino, meu coração abrigou somente dois. A menina mais velha e depois o menino; a filha caçula sobrou dentro de mim. Nunca consegui gostar dela. A aversão que eu sentia por essa menina, em medida igual, era o acolhimento que fui capaz de oferecer e ofereço aos outros. Sou mãe de Idália e Maurino. Os dois me bastam. A minha história é esta:

Aos 16 anos, tive a minha primeira filha, Idália.

Deixei-me encantar pelo primeiro namorado, tão jovem

quanto eu. Sou do tempo em que uma gravidez significava a obrigação de casamento, tanto entre os ricos como entre os pobres. Minha família ia me casar, eu ia obedecer, embora não fosse esse o meu desejo. Entre a obediência que eu devia ao meu pai e à minha mãe e a cumplicidade que eu tinha com esse primeiro namorado, a conivência entre nós dois venceu. Um dia, conversando no momento de nossas brincadeiras de trançamento de pernas e de prazer, ficou decidido, entre nós, que ele fugiria. E assim aconteceu durante uma madrugada. A minha barriga não completava os quatro meses. Mas era tanto carinho que eu já sentia pela criança guardada em mim e escondida para várias pessoas da família, que liberei o pai menino para uma fuga, de que só nós dois sabíamos. Quando tudo aconteceu, as nossas famílias logo perceberam que eu também não queria me casar. A minha calma diante do fato, que revoltava a todos, me traiu. Meu pai, na ocasião, quis me expulsar de casa, mas minha mãe impediu. Como colocar, na rua, uma menina de 16 anos, grávida, sozinha, quando o sem-vergonha do namoradinho dela havia fugido? Diante da defesa dela, meu pai amoleceu e me deixou ficar, sob uma condição. Logo depois que a criança nascesse, assim que ela crescesse um pouco, eu deveria partir. Não me incomodei com a ameaça. Eu tinha certeza de que ele me deixaria continuar em casa até o momento que eu quisesse e assim aconteceu.

Idália cresceu cercada por meu amor e sempre aconchegada aos avós. Não só a minha primeira filha encontrou abrigo no coração dos velhos; Maurino, o que veio alguns anos depois, igualmente. Na segunda gravidez eu já estava casada com um sujeito pobre, mas decente, como diziam meus pais. Esse meu companheiro assumiu a paternidade de

Idália e, quando fomos registrar o pequeno Maurino, Idália já tinha no registro o nome do pai. Sim, o sobrenome daquele que chegou, quando a menina já ia completar cinco anos. E com que facilidade ela aprendeu a escrever o nome todo; Idália Amarantino, e logo-logo escrevia também o nome do irmãozinho, Maurino Amarantino. A escrita de Idália, ao grafar o nome da família Amarantino parecia dançar feliz sobre as folhas de seus primeiros cadernos. Eu também dançava feliz no jogo conjugal de Amarantino sobre mim. A vida nos permitiu sermos felizes por onze anos. Um dia, repentinamente, ele adoeceu e se foi. O vazio deixado pela morte de Amarantino pesa ainda sobre nós. Da ausência dele, padeci e padeço até hoje, embora ninguém acredite. O fato de eu ter tido um namoro rápido com um colega dos meus tempos de juventude despertou uma série de julgamentos contra mim. Do meu pai, foi o primeiro. Relembrando de quando engravidei pela primeira vez, ainda quase menina, ele me cobrou o pudor que eu deveria ter, por ser uma mulher viúva. E deixou de falar comigo quando a terceira gravidez já me acusava no corpo, que começava a se arredondar. Minha mãe me acolheu mais uma vez. Como abandonar uma filha tão sem sorte, que perdera o marido para a morte e que, em um momento de fraqueza qualquer, se deixara envolver com um ex-colega de infância? E, mais uma vez, minha mãe me surpreendeu ao enfrentar meu pai. Em uma das discussões, em altos brados, ela desafiou o velho, dizendo que, se o corpo do homem pede, o da mulher também, principalmente de uma mulher jovem. Nesse momento, ela confirmava a constante cumplicidade dela para comigo. De meu ex-colega de infância, nada reclamo. Durante todo o tempo, acompanhou a minha gravidez e se mostrava feliz. Ele, como eu, já estava quase entrando no tempo dos quarenta e, até então, não tinha sido pai. Era um homem bonito e mulherengo. Creio que as mulheres mais espertas evitassem ter filhos com ele. Eu também não queria, tinha sido apenas um descuido. Um descuido, repito. Diferentemente da minha primeira gravidez, quando eu bem jovem, nas primeiras relações, nada soubesse de métodos contraceptivos. Entretanto, mesmo assim, desde o momento que desconfiei de que eu poderia estar esperando uma criança, apesar de temer a reação de meus pais, fiquei feliz diante daquela possibilidade. Mesmo sendo uma gravidez concebida nas brincadeiras doces e fogosas minhas e de meu namoradinho, Idália veio como uma dádiva não pedida, mas que de bom grado se aceita. A segunda gravidez, a de Maurino, foi a do filho desejado por mim e por Amarantino. A terceira, a última, foi uma gravidez que se intrometeu na lembrança mais significativa que eu queria guardar. A imagem da última dança do corpo de Amarantino sobre mim, poucos antes dele adoecer. A enjeitada gravidez comprovava que outro corpo havia dançado sobre o meu, rasurando uma imagem que, até aquele momento, me parecia tão nítida. E, desde então, odiei a criança que eu guardava em mim. Nos meus sofrimentos, dei razão aos julgamentos de meu pai sobre mim, me faltava pudor. E, quando a menina nasceu, mais um desgosto me esperava. Ela não saíra com uma só marca de nossa família. Sinal algum denunciava que ela era minha filha, a parecença dela era toda da família paterna. E, se fosse um menino, poderia ser confundido como uma miniatura do pai. "O que não parece com o dono é roubado", o velho ditado explicava a não semelhança daquela criança comigo. Ela era toda o pai, toda. Que fosse para ele, então. A minha decisão de entregar o bebê para o pai desgostou profundamente a minha mãe. Ela não entendia. Dizia que eu estava me desvencilhando de minha filha, como alguém que se desvencilha de uma coisa, de um pacote de embrulho. E, chorando, me repreendia, dizendo que até então ela sempre estivera do meu lado, tinha sido minha aliada em tudo, mas que, daquela vez, era impossível contar com a compreensão dela. Ela ficaria com a criança, tomaria conta dela, faria dela a sua filha e não somente neta, mas que eu não desse a menina para a família do pai. Disse, também, que poderia conversar com o pai da criança, caso ele quisesse participar da educação da menina. Nada impediria que ele estivesse presente, mas que eu conservasse a menina junto a nós. O que minha mãe não entendia era que eu queria aquela criança longe de mim. Eu não sentia nada por ela; aliás, sentia sim, raiva muita raiva. Queria esquecer a filha que eu não havia concebido, nem antes e muito menos nos momentos após o parto, quando contemplei a criança e me irritei com todos os traços dela, que acintosamente negavam os meus. E assim, para o meu alívio, lá se foi a menina. A permanência dela em nossa casa foi somente durante três meses. Os irmãos ficaram encantados com a menina e até meu pai se emocionou quando soube da minha decisão de entregar a criança para a família paterna. Mandou a minha mãe me dizer que, como avô, ele ajudaria a cuidar também daquela neta. Nada me removeu da intenção. Ninguém entendia que eu odiava aquela menina. No ato de amamentá-la, eu sempre desejava que o meu leite fosse um mortal veneno. Minha mãe parecia adivinhar os meus desejos e observava os descuidos voluntários que eu tinha para com o bebê. Hoje, a pouca lembrança que tenho daqueles momentos, praticamente, se apagou. Não consigo recordar o rosto da menina, não sei de nenhum detalhe. Depois que ela cresceu, passados uns dez anos, ela veio à cidade com o pai, a passeio. Eles moravam fora daqui. E mandaram me perguntar se eu queria ver a menina. Eu não quis e nem sei se alguém daqui de casa foi. As pessoas mais achegadas à família dele, se encarregaram de contar esses episódios e outros pela cidade afora. E, dentre todos os comentários, um particularmente me irritava. Diz que eles se rejubilavam pelo fato da menina ter sido repudiada por mim. Assim, ela não precisava ter contato algum com a sua família negra. Minha mãe ainda chora por isso, quase vinte anos depois. Ela vive dizendo que esperava que eu fosse capaz de repetir, com meus filhos, o mesmo amor que ela me deu e me dá. Eu corrijo a fala dela. Eu amo os meus filhos, Idália e Maurino. Esses são os meus filhos e estarão sempre aconchegados dentro de mim, mesmo que eles não queiram. Já me perguntaram se eu não tenho remorsos em relação a essa criança que desprezei. Não. Não tenho. E não consigo inventar um sentimento em mim, só para me salvar de julgamentos alheios. Não sou sem sentimentos, só porque não amei aquela criança. Só eu sei do meu sentir e da comoção que em mim brota, tantas e tantas vezes, em outras ocasiões. Só eu sei de minhas emoções. E, por falar em comoção, ontem, no final da tarde, assisti a uma cena, que está, ainda agora, a chorar dentro de mim. Estava eu na pracinha com minha neta,

Dorvie, a filha de Idália, quando um casal bem jovem, com uma criança de uns quatro anos passeava no jardim. O casal ia à frente, enquanto a criança, um menino, caminhava um pouco atrás, distraído, comendo pipocas. Em um dado momento, ele tropeçou e caiu. As pipocas voaram como se estivessem ainda se fazendo em uma panela quente. O menino gritou, não sei se ferido ou se desesperado, ao perceber as pipocas em fugitivos voos. Quando eu já fazia menção de levantar, para ajudar o menino, a jovem voltou rápido, aliviando a minha preocupação. Era ela, a mãe, que ia amparar o menino. E vi quando a moça, levantando o menino pelos cabelos, brigando com ele pela queda que ele sofrera, deu uma tapa no saco de pipocas que titubeava nas mãos da criança. As poucas bolinhas brancas e feridas que restavam no fundo do saquinho também se espalharam assustadas pelo chão. Nesse momento, não me contive e me aproximei do menino e da mulher. Dorvie veio me seguindo e, sem que eu pedisse ou falasse nada, ela adivinhou a urgência do momento. E, antes que a mulher pudesse esboçar qualquer sinal de recusa, minha neta ofereceu o saquinho de pipocas dela, ainda cheio, ao menino. Ele, ainda entre lágrimas, aceitou o carinho, ignorando a presença da mãe. Retornou ao gesto de comer as pipocas e, mais uma vez, distraído da vida, caminhou a sua inocência pelos caminhos esburacados à sua frente. Dorvie, minha neta, filha de Idália, e eu, com novos saquinhos de pipoca, caminhamos também.

Regina Anastácia

— O meu nome é Regina Anastácia. Assim que ouvi essas primeiras palavras de Anastácia e contemplei o seu porte tão altivo, fui tomada por uma enorme emoção. Agradeci à vida por me oferecer momentos tão raros, como o de contemplar uma pessoa dona de uma beleza que caminhava para um encanto quase secular. A voz dela pausada e já marcada pelo correr de um tempo de noventa e um anos vividos, ao pronunciar o próprio nome, me soou como alguém que anuncia com respeito a chegada de uma pessoa especial, merecedora de toda reverência. Regina Anastácia se anunciava, anunciando a presença de Rainha Anastácia frente a frente comigo. Lembranças de outras rainhas me vieram à mente: Mãe Menininha de Gantois, Mãe Meninazinha d'Oxum, as rainhas de congadas, realezas que descobri, na minha infância, em Minas, Clementina de Jesus, Dona Ivone Lara, Lia de Itamarcá, Léa Garcia, Ruth de Souza, a senhora Laurinha Natividade, a professora Efigênia Carlos, Dona Iraci Graciano Fidélis, Toni Morrisson, Nina Simone... E ainda várias mulheres, minhas irmãs do outro lado do atlântico, que vi em Moçambique e no Senegal, pelas cidades e pelas aldeias. Mais outras e mais outras. Repito: Regina Anastácia se anunciava, anunciando a presença de Rainha Anastácia frente a frente comigo.

Não pude deixar de me levantar e, respeitosamente, beijar a mão daquela mais velha, contemporânea de minha mãe, Joana Josefina Evaristo, tão rainha quanto ela. — Tomei em minhas mãos o cedro de meu destino e dei o rumo que eu quis à minha vida. — Continuou a voz majestosa — narrando uma história particular de vida, na qual, em muitas passagens, eu escutava não só a dela, mas também a de muitas mulheres do meu clã familiar.

Regina Anastácia, com a sua família, composta de mãe, pai, irmãs e irmãos, tias, tios, primas, primos, nos anos 20, emigrou do lugarejo em que vivia para Rios Fundos. Ali não era a sede do estado, mas tanto quanto a capital, a cidade era tida como uma esperança de melhoria de vida, para quem se dispunha a deixar o seu local de origem. Rios Fundos, desde o Brasil Colônia, teve por base a extração de ouro e diamantes, embora a agricultura açucareira também tenha sustentado o êxito político e econômico local. Uma família latifundiária, ainda herdeira de um poder adquirido como beneficiária das capitanias hereditárias, ao longo dos séculos se impunha como dona da cidade. A linhagem Duque D'Antanho. O único banco, chamado "Moeda de Antanho", pertencia à família Duque

D'Antanho. Aliás, não só o banco pertencia ao povo de Antanho, tudo ali era deles. O comércio com três açougues, quatro padarias, meia dúzia de armazéns, uma grande fábrica de doce, quatro lojas de tecidos, duas joalherias, duas farmácias, uma única casa de prostituição, um posto de gasolina, uma oficina mecânica, a funerária, sem esquecer a pequena imprensa local, o jornal Rio Fundense. E quem trabalhasse com lavoura era sempre em terras arrendadas dos Antanhos. A igreja e as duas escolas também. O pároco, padre José Geraldo D'Antanho, na sua função vitalícia, chegara ali desde que fora ordenado e já administrava a igreja havia mais de cinco décadas e as duas escolas eram dirigidas pelas professoras, sempre da família Duque D'Antanho. Qualquer solicitação de vaga, para quem não tivesse peso político, sempre dependia do apadrinhamento de algum dos Duques. Havia, porém, um único espaço na cidade que funcionava independente da intervenção dantanhense e que hoje é um clube chamado "Antes do sol se pôr". De acordo com o que contavam os mais antigos da cidade, a origem do clube remontava aos tempos da escravatura. Dizem que, ali, havia uma velha casa de tapera, bem no vão da estrada, que se abria em três direções. No lugar alguns africanos e seus descendentes, ainda escravizados, se reuniam dançando e cantando. No premeditado folguedo se despistavam da vigilância dos senhores, enquanto organizavam fugas do cativeiro. Tais encontros aconteciam aos domingos e dias santificados, pois os fazendeiros, muito católicos, normalmente liberavam os escravos nesses dias. Cantavam e dançavam desde o amanhecer do dia até "Antes do sol se pôr". Quando a noite ia baixando, alguns já sabiam qual direção da estrada deveriam tomar. Esquerda? Direita? Em frente? Zâmbi, Olorum, Exu, Ogum, Senhora do Rosário, São Benedito com seu Menino Jesus, Santa Efigênia dependendo da fé do fugitivo, cada um desses protetores, ou todos juntos, indicava qual caminho daria na liberdade quilombola. Mais tarde, quando a lei foi assinada, muitos dos escravizados, que trabalhavam na coleta do ouro e do diamante, já tinham uma economia própria e, juntos, construíram um salão que existe até hoje, no lugar exato em que ficava a tapera. Ali está localizado, hoje, o Clube Recreativo denominado "Antes do sol se pôr". — Quando cheguei aqui em Rios Fundos, ainda mocinha, já havia uma pequena capela que até hoje existe no mesmo terreno do clube, — afirmou Regina Anastácia. Fui coroada na capelinha, primeiro como Princesa e depois como Rainha Conga. O terreiro da capela e do clube se misturam, é o lugar de nossas rezas, festas e danças. No mês de outubro, a festa do Rosário acontece ali. Padre José Geraldo D'Antanho vai, mas percebemos que ele não gosta. Vive dizendo que o lugar da imagem da santa é na igreja da cidade. Não concordamos. A santa tem o lugar próprio, desde sempre, o nosso lugar.

E foi lá também que aconteceu o fato mais importante de minha vida — continuou a rainha — ,que eu vou contar depois. Os Antanhos eram donos de tudo e se consideravam donos das pessoas também, mas não me dobraram. Nem a mim, nem àquele que, se rebelando contra a própria família, se tornou o meu companheiro. Jorge D'Antanho — me afirmou, com exaltação na voz, Regina Anastácia. — O meu conhecimento com a família D'Antanho, continuou a Rainha, começou na intimidade da casa, isto é, na cozinha. Duas de minhas tias, assim que chegaram à cidade, foram chamadas para cozinhar na casa de Geraldo Duque de D'Antanho. E, para minha mãe, famosa pelos seus doces e pães, foi oferecida uma vaga na cozinha da maior padaria dos Antanhos. Ela não quis, para a surpresa de nossa família. Meu pai achou que ela devia aceitar e ponderou que dificilmente as pessoas iam deixar de comprar pães e doces na padaria dos patrões, para vir comprar em nossa casa, como acontecia no lugarejo em que anteriormente morávamos. Minha mãe nem se assustou. Enquanto isso, minhas tias, que, até então, moravam conosco no mesmo terreno, passaram a dormir no emprego, na casa dos D'Antanhos. Ficavam semanas e semanas sem poderem vir em casa, embora a distância entre a cidade fechada (parte em que moravam todos os dantanhenses) e a cidade aberta (parte em que moravam as pessoas que trabalhavam para os dantanheses, as pessoas desempregadas e, ainda, a porção crescente que chegava, noite e dia, vinda de todo o estado). Todos os meus familiares, direta ou indiretamente, trabalhavam para os D'Antanhos, inclusive as crianças e jovens como eu. E foi cumprindo uma tarefa, a de levar um frasco de perfume, da Farmacia "Flor d'Antanho", até a casa da Senhora Laura D'Antanho, que eu vi, pela primeira vez, o rapazinho Jorge D'Antanho, neto dela, a paixão primeira e única da minha vida e da dele também. — Moça, a senhora acredita em destinos? — me perguntou a Rainha, sem me dar tempo para responder. — Pois eu acredito, — me afirmou ela, de cima do trono de sua sabedoria. E continuou a história: Então, era um final de manhã de sábado quando eu fui à farmácia comprar uma latinha de talco, para minha mãe oferecer de presente a uma bebezinha, nossa prima, que nascera havia poucos dias. Assim que cheguei, antes mesmo de saber o que eu queria, o farmacêutico, sabedor de que minhas tias trabalhavam para dona Lálá, me perguntou seu eu podia levar uma encomenda para a senhora Laura D'Antanho. Respondi afirmativamente. Eu só precisava de um tempo para voltar até a minha casa na cidade aberta para avisar a minha mãe. E assim fiz. Mamãe gostou. Assim, eu traria notícias das irmãs dela, que não vinham em casa há quase um mês. Em pouco tempo, venci a distância, pisei no solar da antiga casa-grande e fui atendida pelo neto da senhora da casa. Eu me lembro perfeitamente de que os raios de sol, do meio do dia, caíam nos ladrilhos vermelhos da varanda. A luz brincava no chão e parecia voltar para o rosto dele. Era tanta a insistência dos raios, que o mocinho levou as mãos à altura da sobrancelha, para cortar a claridade que machucava os olhos dele. Eu não sabia o que dizer... Não sabia se eu tinha de dizer... Não sabia se era ele que tinha de me dizer... Não tinha sido nenhuma de minhas tias que tinha vindo abrir a porta. Eu deveria falar que tinha uma encomenda para Dona Laura? Deveria pedir para falar com uma das minhas tias? Minha falta de jeito aumentou quando o rapazinho me perguntou o que eu queria. Mesmo encabulada, pude olhar de frente para ele, eu estava contra a luz e não precisava tapar os olhos. Pedi para falar com a Tia Florença. O moço continuou me olhando ainda por uns segundos, sempre com os olhos meio encobertos, agora só com uma das mãos. Eu também olhava para ele e vi que era um moço bonito, muito bonito. Passei o resto da tarde com as minhas tias na cozinha. Ajudei a preparar os quitutes para o domingo, lavei as louças, buscando tempo de ficar com elas e matar saudades. Elas sentiam nossa falta e desejavam vir para casa. A encomenda foi entregue ao neto para ser entregue à avó. Horas depois, Dona Laura apareceu na porta da cozinha, dando algumas ordens, perguntando sobre o almoço do dia seguinte e ignorando a presença da mocinha, sobrinha de suas duas empregadas, que viera até ali para trazer uma encomenda para ela. Não sei por quê, mas pensei: o que é dela está guardado, ela nem sabe. Quando saí de lá, antes do sol se pôr, ao chegar em frente do casarão, escutei alguém me chamando. Reconheci que não era a voz de minhas tias e não me pareceu ser de nenhuma outra pessoa empregada da fazenda. A voz me chamava pelo meu nome, Regina Anastácia. Colado ao portão, que eu ia naquele momento atravessar, em posição de espera, estava o mocinho que me abrira a porta, quando eu cheguei. Olhando para mim, agora sem cobrir nenhuma parte do rosto, ele me disse que eu era uma moça muito bonita, eu me assustei, mas naquele instante, sem o acanhamento da hora da chegada, fui capaz de olhar para ele e sorrir. Dei uns passos adiante, olhei para trás, ele continuava parado olhando em minha direção. Acenei um adeus, ele repetiu o meu gesto. Tudo antes do sol se pôr. Dois anos depois desse episódio, eu, com dezesseis anos, trabalhava com minha mãe, entregando encomendas de doces e de pães, não só em Rios Fundos, mas em algumas cidades próximas. Contrariando o desejo de meu pai, que achava mais seguro se minha mãe fosse trabalhar na fábrica de doces ou em uma das padarias do pessoal D'Antanho, ela continuou trabalhando por conta própria. Soubemos que isso foi alvo de deboche. Nem o pessoal da cidade fechada, nem as pessoas da cidade aberta acreditavam que alguém pudesse sobreviver fora do poderio dantanhense. Mas a força de minha mãe vinha do pessoal de outrora, principalmente das mulheres desde lá. E, feito a galinha que, de grão em grão se sacia, a velha Saíba se fez. Além das entregas, todas as tardes, na frente da nossa casa, armávamos um tabuleiro, que ficava sempre e mais rodeado de fregueses. Um dia, ela pediu ao meu pai que erguesse uma pequena tendinha para ela, queria ter um balcão para colocar seus cestos. Ele atendeu ao pedido. Um ano depois, na parte de cima da porta da tendinha toda pintada de amarelo, aparecia escrito: "Saíba e Anastácia" e, no meio da porta, uma frase completava os nomes escritos em cima: "a arte própria de alimentar através do tempo". Não sei de quem foi exatamente a inspiração da frase, mas sei que as mulheres de minha família, todas, eram e são exímias cozinheiras, além de todo ou qualquer outro dom. Habilidades que foram transmitidas, ensinadas de umas para as outras, trunfos de família, que alguns homens nossos, que se dispuseram, aprenderam também. Foi nessa mesma época da inauguração da tendinha "Saíba e Anastácia" que o moço, neto de Dona Laura, de repente, numa tarde, antes do sol se pôr, apareceu lá . Isso uns três anos depois que eu tinha ido à casa da vó dele levar a encomenda da farmácia. Era a primeira vez que um D'Antanho pisava em nosso território particular. Educadamente, cumprimentou em primeiro lugar a minha mãe, perguntou pelo meu pai, comprou alguns pães e saiu. Tentei ficar indiferente, mas algo em mim bulia. Fui tomada por uma alegria intensa, mas, ao mesmo tempo, por uma tristeza que me avisava de um pressentido perigo. Minha mãe também, vivendo uma estranha intuição, mal o moço saiu, revelou uma preocupação. Achava que Jorge D'Antanho tinha ido lá, obedecendo à ordem da família. Tinha ido ver como as coisas corriam em nossa tendinha ou, então, o pior: tinha ido para deitar os olhos em mim. Concordei com ela. Não adiantava fingir com minha mãe, mas só não confessei que o segundo motivo era o que mais me agradava. E, durante meses, Jorge D'Antanho, quase todos os dias, sempre antes do sol se pôr, aparecia em nossa tendinha. Só no primeiro dia, comprou nossos quitutes para levar para casa; das outras vezes comia ali mesmo, indicando gostar de tudo. Muito conversador, contava casos da capital, dos estudos que fizera para ser farmacêutico e trabalhar em uma das farmácias do pai. Um dia, ele me perguntou sobre o que eu desejaria fazer no futuro. Eu tinha um plano audacioso, para quem vivia na cidade em que tudo era dos D'Antanhos, em que tudo era dos familiares dele. Eu sonhava fazer daquela tendinha uma grande padaria, maior do que a deles. Olhei para ele, não respondi, sorri apenas. Ele me olhou fixamente como fazia às vezes e me disse que eu tinha o sorriso mais lindo que ele já tinha visto. Nesse momento, minha mãe entrou na tendinha. Jorge D'Antanho fez um leve aceno de cabeça e saiu. Dessa vez foi o olhar de minha mãe que se fixou sobre mim, severamente, como quando eu era pequena e fazia alguma coisa errada perto de alguém, de modo que ela não pudesse me chamar a atenção na hora. E, para o meu sofrimento, mamãe Saíba me disse que, depois que ela desse a janta ao meu pai e que ele fosse para o quarto, ela queria falar comigo. Eu já sabia sobre o que e avaliei os ferimentos da guerra. Mais tarde, sentamos as duas na porta da tendinha. Ela, que não era de muitos abraços e de muito tocar, segurou umas das minhas mãos entre as delas e teve comigo uma conversa, revelando toda a sua preocupação. Ela havia notado o interesse do moço D'Antanho por mim e sabia o que aquilo significava. Os moços brancos, incentivados pelas famílias, conservam os hábitos ainda do tempo da escravidão. Corriam atrás das mocinhas negras, assim como os donos de escravos tomavam o corpo das mulheres escravas e de suas filhas. Começavam a se fazer homens, experimentando os primeiros prazeres no corpo das meninas e das mulheres que trabalhavam em suas casas. Só que o tempo havia mudado. O mais comum agora era a sedução. Entretanto, havia aqueles que tomavam, à força, o corpo da empregada que trabalhava com eles. Ouvi tudo que a mamãe dizia e sabia que ela estava com a razão, menos em relação ao Jorge. Ele era diferente de toda a sua família— pensei eu. E era mesmo. Dias depois, ele chamou meu pai e minha mãe e pediu para eles se poderia namorar comigo. O pedido foi feito dentro de minha casa, depois da minha mãe e eu fecharmos a tendinha. A guerra em minha casa foi suave, eu tinha de convencer os meus de que Jorge D'Antanho me respeitava e que eu não era nenhuma menina sem malícia, para perceber as más intenções dele, caso ele tivesse. Guerra pior, dolorosa, ia ser declarada na cidade fechada. Meus inimigos eram os D'Antanhos e Jorge, sem meias medidas, enfrentou a sua família, que reagiu logo. Dispensou as minhas tias que trabalhavam com eles, acusou uma de roubo; deram até queixa na polícia. O delegado, apesar de ser também da família, estava ao lado de Jorge e logo maliciou sobre as intenções da acusação. Não levou o caso adiante. Jorge foi espremido contra a parede, que ele parasse logo com a história de namoro, que fizesse comigo o que quisesse, que montasse para mim uma casa, mas que não espalhasse essa ideia de namoro, de compromisso. Eu não era moça para tais propósitos. Ele, entretanto, sabia o que queria e eu também. A desobediência causou a expulsão do nome dele do testamento. Nada de farmácia, nada de nada. Casamos poucos meses depois. Um padre de outra cidade, antigo desafeto político da família

Duque D'Antanho, veio até a nossa capela, no terreno do Clube "Antes do sol se pôr" e nos deu a benção de casamento. Jorge veio morar em nossa casa, na cidade aberta. Enquanto eu ficava em casa, fazendo os quitutes com a minha mãe, Jorge dava aulas das primeiras letras nas cidades vizinhas, ajudava os farmacêuticos de outras cidades a preparar remédios. Uns tempos depois, conseguimos alugar uma casinha só para nós dois. Eu continuava trabalhando nos negócios com a minha mãe. A tendinha crescia e, com muito trabalho, fomos fazendo dela uma padaria. Tínhamos uma clientela própria. Conservamos o nome. Meu pai era também nosso aliado. Desde o momento que a família Duque D'Antanho soube do namoro de Jorge comigo, meu pai foi mandado embora do armazém, em que ele trabalhava desde quando chegara em Rios Fundos. Sofreu muito, mas o sucesso da experiência autônoma de minha mãe trouxe para ele uma crença de que seria possível. E foi. Não em Rios Fundos, mas na capital. Arranjou um serviço de zelador em um prédio da prefeitura local, ficava na cidade a semana inteira e voltava para casa nos finais de semana. A ausência dele doía, principalmente em minha mãe, mas suportamos até o dia em que Jorge D'Antanho conseguiu montar a sua própria farmácia e meu pai veio trabalhar com ele. Rios Fundos crescia e pedia um aumento de todos os tipos de comércio. Havia trabalho para todos. O poderio da família

D'Antanho não acabou, mas, ao longo do tempo, foi ficando mais abalado, na medida em que um ou outro ia se afirmando fora do círculo de comando deles. Jorge D'Antanho nunca mais procurou alguém da família dele e nunca foi procurado. Ele sentia pela mãe, que não teve a coragem de enfrentar o velho Duque D'Antanho e sua mulher, senhora Laura D'Antanho. A minha família passou a ser a de Jorge, depois de momentos de desconfiança de muitos dos meus. Tivemos cinco filhos e todos nasceram antes do sol se pôr. Três meninas e dois meninos. Dentro de nossa vida modesta, conseguimos dar estudos para todos eles. O primeiro se tornou farmacêutico como o pai, o segundo seguiu carreira militar, o terceiro é alfaiate, uma das meninas se formou professora e a outra foi ser missionária e, no momento, está em uma missão, em povoado da Tanzânia, na África. Meus pais tiveram tempo de vida para curtir os netos, eu conheço a minha geração de tetranetos. Jorge, o moço mais bonito que eu conheci, estava aqui, até dez anos passados. Dizia que eu era a eterna rainha dele. Eu acredito, pois ele era o meu rei. Um dia, logo depois de o sol se pôr, ele se foi... Eu espero, sem pressa alguma, a hora do meu poente...

Esta obra foi composta pela BR75 em Chaparral
Light (texto) e Electra Bold (títulos), impressa pela
OPTAGRAF, sobre papel Pólen Bold 90g para a
Editora Malê, em setembro de 2025